诚知此恨人人有

叶兆言 著

译林出版社

图书在版编目（CIP）数据
诚知此恨人人有／叶兆言著．—南京：译林出版社，2020.6
ISBN 978-7-5447-7908-1

I.①诚… II.①叶… III.①散文集－中国－当代
IV.①I267

中国版本图书馆 CIP 数据核字（2019）第 138896号

诚知此恨人人有　叶兆言／著

责任编辑　焦亚坤
特约编辑　魏　玮
装帧设计　周伟伟
校　　对　王　敏
责任印制　颜　亮

出版发行　译林出版社
地　　址　南京市湖南路 1 号 A 楼
邮　　箱　yilin@yilin.com
网　　址　www.yilin.com
市场热线　025-86633278
排　　版　南京展望文化发展有限公司
印　　刷　上海中华商务联合印刷有限公司
开　　本　850 毫米 ×1168 毫米　1/32
印　　张　9.125
插　　页　2
版　　次　2020 年 6 月第 1 版　　2020 年 6 月第 1 次印刷
书　　号　ISBN 978-7-5447-7908-1
定　　价　45.00 元

自序

这部书的内容是第一次结集，无论风格，还是篇幅，仍然还难免一个乱字。尽管杂乱，却是《杂花生树》和《群莺乱飞》的继续，如出一辙，它们甚至可以看成是一个整体。

我曾努力寻找过四个字的书名，这样便与上述两本书，有种形式上的一致，最后放弃了，觉得没必要硬去追求统一。书名和文章一样，随意就行，简单便好。“诚知此恨人人有”是文集中的一篇散文，突然发现自己正变得有些慵懒，不愿再为书名去多费脑筋。

不由得想起刚准备写小说时的幼稚念头，打算写一部《战争与和平》那样的长卷，对象是中国的几代知识分子，从章太炎那辈开始写起，然后过渡到我们这一代，大约是五代文化人。这个野心并没实现，至多也就是在我后来的一系列散文随笔中，找到一点点蛛丝马迹。

必须承认，源于不断地写，才最后爱上了非虚构的文字。写作乐趣无穷无尽，因为无穷无尽，总觉得有可能源源不断地写下去。事实当然不是这样，有一个词叫人书俱老，往好里说是夸奖，往不好处讲，就是黔驴技穷。

好了，废话少说。

二〇一八年十二月十五日　下关三汊河

目 录

辑一 * 外国文学这个月亮

契诃夫的夹鼻镜

一

大约还是个小孩子的时候，就知道契诃夫是非常好的作家。或许也可以叫作潜移默化，反正大人们都这么说，听多了，不受影响几乎不可能。契诃夫在我最初印象中，是书橱上一大排书，各种各样版本，大大小小厚厚薄薄，汝龙通过英文翻译的那套二十多卷本最整齐。当然，也忘不了那张经典照片，正面照，头发微微向上竖起，大鼻子上架一副眼镜。父亲跟我详细解释过这种眼镜，它不是搁在耳朵上，是夹在鼻子上，夹的那个位置一定很痛，因此眼镜架上总会有根链子，平时搁上衣口袋，要用了，拿出来夹鼻子上。外国人鼻子大，夹得住，不过还是会有意外，譬如正喝着汤，一不小心掉下来，正好落在汤盘里。

一向不愿意回答家庭对我的文学影响，很多人都喜欢追问，喜欢就这话题写成八卦类的小文章，其实真谈不上有什么太大影响。不知不觉中，大人们总会跟你灌输一些看法，他们说的那些成人观点，他们的文学是非，你岁数小的时候根本听不懂。譬如说契诃夫最好的小说是《草原》，是《第六病室》，是他的剧本《樱桃园》，是《海鸥》，是《万尼亚舅舅》。我的少年阅读经验中，契诃夫从来不是有吸引力的作家，他的书都是竖排本，《草原》虽然写了孩子，可是并不适合给孩子阅读。至于剧本，更没办法往下看，戏是演给观众看的，那些台词要大声念出来才有效果。如果在我青少年时代，契诃夫的戏剧可以上演，我们直接观摩看戏，而不是面对枯燥的剧本，结局将完全不一样。

断断续续总能遇到一些契诃夫的小说，他的短篇最适合编入教材，最适合用来给学生上课。对西方人是这样，对东方人也是。我们说一部好的短篇小说，要有批判精神，要有同情心，要幽默，要短小机智，所有这些基本元素，都可以轻易在他小说中找到。我一个堂哥对契诃夫的看法跟我父亲差不多，他觉得能把契诃夫晚年的几篇小说看懂了，把几个好剧本读通了，就能真正明白这个作家是怎么回事，就会立刻知道什么才是最好的小说家，什么才是最好的剧作家。

在我的文学影响拼图中，契诃夫确实尴尬，肯定有他的位置，而且也还算相当重要，可是总有些说不明道不白。他无疑是位经典作家，是一位你不应该绕过去的前辈，可惜课堂上的契诃夫常常一本正经不惹人喜爱，成为一个批判现实主义的符号。换句话说，在我的读书年代，选择让大家阅读的契诃夫作品，都不是太让人喜欢，我不喜欢《套中人》，不喜欢《凡卡》，不喜欢《小公务员之死》。老师讲得津津有味，我却在课堂上读别人的作品。毫无疑问，契诃夫身上汇聚着一个作家的许多优点，在我看来，仅仅有一点已足够，那就是“含泪的微笑”。有点泪，有点微笑，一个作家有这点看家本领就足够了。

我不太喜欢小说中的讽刺，不太喜欢小说中的批判，它们可以有，也可以没有。不喜欢的理由是它们还不能完全代表优秀，我不喜欢小说的居高临下，不喜欢它自以为是的优越感。对于同情和怜悯也一样，一个作家不应该仅仅是施善者。在上帝面前，我们都是不幸的，同时我们又都很幸运。我不认为小说家必须是个思想家，是说道理的牧师，是阐释禅经的和尚，是把读者当作自己弟子的孔老二。一个好作家如果还有些特别，就是应该有一双与别人不太一样的眼睛，他能看到别人容易忽视，或者别人从来就没看到的东西。有时候，重要的不只是真相，而是你究竟想让别人看到什么。

据说契诃夫逝世不久，熟悉他的人已开始为他眼睛是什么颜色展开热烈争论，有人说是黑色的，有人说是棕色的，还有人说更接近蓝色。对于没有亲眼见过契诃夫的人来说，这永远都会是一个八卦。对于那些见过契诃夫的人，因为熟视无睹，同样还可能是个疑问。

二

真相总是让人难以置信，契诃夫对我更多的只是一种励志。现在说出来也不丢人，我的文学起点很低，最初的小说非常一般。除非你是个天才，大多数从事文学创作的人，都会有一个很低的起点。我们都是普通人，都是常人，都会有这样那样的天生缺陷。刚开始学习写作，我很希望自己能写《第六病室》和《草原》那样的作品，那时候，我的脑海里有着太多文学样板，可供选择的太多。相对于俄国古典文学，我似乎更喜欢二十世纪的美国作家。在俄国文学中，契诃夫可能还算年轻，但是他的年龄，也比鲁迅的老师章太炎先生还要大九岁。不妨再比较一番，鲁迅已经老得不能再老了，然而他的岁数，居然还可以是海明威和福克纳的父辈，因此，作为文学新手的我们，追逐更时髦更年轻的文学偶像无可非议。

我从来都不是个有文学信心的人，作为一名文二代文三代，注定会眼高手低。文学野心是最没用的东西，是骡子是马，你得溜过了才知道。小说只有真正写了，你才会知道它有多难写，你才会知道它是多么不容易。好东西都可遇不可求，古来万事贵天生，没有技巧是最好的技巧，这些可以是至理名言，也可以变成空洞大话，变成偷懒借口，真理常常会堕落成邪门歪道。因此，看到自己小说中的种种不足，发现小说写得那么不如意，你只能跟自己较劲，只能咒骂自己。笨鸟必须先飞，勤能补拙功不唐捐，不是文学天才的人，只有多写这一条胡同，哪怕是条死胡同。

契诃夫就是这方面最好代表，是文学起点低的最好代言人。如果我没记错，他不止一次说过，自己从一个三流作家，逐渐步入了一流。毫无疑问，什么话都是相对的，契诃夫的三流，在很多人看来早已属于一流。这个话题不宜展开，也说不清楚，反正多写总归不会有错，契诃夫最大特点就是多写，他的窍门就是写，真刀实枪操练，好坏不管写了再说。很多人喜欢把文学的位置放得非常高，弄得过分神圣，神圣过了头，就有点神神鬼鬼。文学改变不了社会，拯救不了别人，它能拯救的只是你自己。写作就是写，用不着选好日子，用不着三叩九拜，用不着沐手奉香。写好了是你运气，写不好再继续再努力。

年轻的契诃夫写了一大堆东西，自然不是为了故意三流，他只不过是喜欢写。喜欢才是真正的王道，喜欢写作的人，三流一流本来无所谓，不像有些人，他们对文学并不热爱，或者说根本就谈不上喜欢，他们从事文学，仅仅为了当一流的作家，为了这奖那奖，为了世道人心，为了拯救似是而非的灵魂。契诃夫是学医的，他玩文学完全业余，是为了贴补家用，是因为走火入魔喜欢写，三流一流的话题也是说说而已，对他来说没有意义。

中国现代文学史上的巴金和丁玲，属于一炮而红，相同例子还有曹禺，都是不鸣则已，一鸣惊人。他们大大咧咧走上了文坛，上来就登堂入室，就等着日后进入名人堂。他们好像都没经过让人有点难堪的三流阶段，与契诃夫例子差不多的是沈从文，沈先生远没有上述几位作家的好运气，他能够苦熬出来，多年媳妇熬成婆，一是靠自己的笨办法，多写拼命写，还有就是靠文坛上的朋友帮忙推荐。他的创作道路是个很好的励志故事，沈先生曾经说过，一个人只要多写，认真写，写好了一点都不奇怪，写不好才奇怪。记得年轻的时候，退稿退得完全没有了信心，我便用沈先生的话来鼓励自己。为什么你会被退稿，为什么你写不出来，显然是写得还不够多，因此，必须向前辈学习，只有多写，只有咬着牙坚持。有时候，多写和认真写是我们唯一可控的事。出水再看两腿泥，沈先生和他的文学前辈契诃夫一样，如果不是坚持，如果不能坚持，他们后来的故事都可以免谈。

契诃夫出生那年，一八六〇年，林肯当了美国总统，英法联军攻陷北京，一把火烧了圆明园。太平天国还在南方作乱，大清政府惶惶不可终日，两年前签订的《瑷珲城和约》，就在这一年正式确认。此前还一直硬抗着不签字，说签也就签了，这一签字，中国的大片区域成了俄国人的“新疆”，而库页岛也就成了契诃夫与生俱来的国土。熟悉契诃夫小说的人都知道，如果他不是去那里旅行，世界文学史便不会有一篇叫《第六病室》的优秀中篇小说。

考虑到只活了四十四岁，考虑到已发表了大量小说，一八八八年，二十八岁的契诃夫基本上可以算一位高产的老作家了。这一年，是他的幸运之年，他在《北方导报》上发表了中篇小说《草原》。此前他的小说，更多的都发表在三流文学期刊上，《北方导报》有点像美国的《纽约客》，有点像中国的《收获》和

《人民文学》，想进入纯文学的领地，必须要到那去应卯。契诃夫闯荡文学的江湖已久，从此一登龙门，点石成金身价百倍。他开始被承认，被得奖，得了一个“普希金文学奖”。这奖在当年肯定颇有含金量，大约也和我们的鲁迅文学奖差不多。

三

《草原》和《第六病室》是中篇小说中的好标本，是世界文学中的珍贵遗产，说是王冠上的明珠也不过分。如果要选择世界最优秀的十部中篇小说，从这两部小说中选一个绝对没有问题。

文学的江湖常会有些不成文规则，有时候，一举成名未必是什么好事。譬如巴金，大家能记住的只是《家》，而他此后做的很多努力，都可能被读者忽视。以文学品质而论，巴金最好的小说应该是他后期创作的《憩园》，是《寒夜》。那种近乎不讲理的误读，不仅发生在一炮而红的作家身上，而且会殃及苦苦地写了一大堆东西的作家。很多人其实并不怎么关心契诃夫在他真正成名前，曾经很努力地写过什么。同样的道理，大家谈论沈从文，是因为《边城》，谈论纳博科夫，是因为《洛丽塔》。

代表作会让阅读成为一种减法，而减法又是省事和偷懒的代名词。以一个同行的眼光来看，一个优秀作家，他的所有作品，都应该是作者文学生命的一部分。一个人也许要吃五个包子才会饱，不能因此就说，光是吃那第五个包子就行了，对有些作家来说，真不能太着急，就得一个包子接着一个包子吃，非得慢慢地吃到第五个，才会突然明白写作是怎么回事。火到猪头烂，马到才功成，好的买卖往往并不便宜。伟大的纳博科夫与海明威同年，这一年出生的作家还有阿根廷的博尔赫斯，还有中国的老舍和闻一多，如果仅仅是看成名，纳博科夫成名最晚，晚得多，他的《洛丽塔》出版时，已是我这把年纪的老汉，已经接近了花甲之年。

话题还是回到契诃夫身上，他就是一名干写作活的农夫，只知耕耘不问收获。刚开始可能还是为了些小钱，到后来，作为一名医生的他，如果不是因为热爱，不是喜欢干这个活，完全可以放弃写作。中国人谈写作，过去常常要举鲁迅的例子，常常要举郭沫若的例子，都喜欢煞有介事地说他们放弃医学，从事文学，是因为文学对中国更有用，或者说比医学更重要更伟大。这样的看法，不仅是对医学的不尊重，也是对文学的亵渎。对于那些有心要从事文学的人来说，有一个观点必须弄明白，有句话必须说清楚，并不是文学需要你，你没有什么大不了，是你需要文学，是看你喜欢不喜欢文学。文学没有你没任何关系，但一个热爱文学的人没有文学，很可能就过着一种完全不一样的生活。

契诃夫是我们文学前辈中最优秀的中短篇小说家。同时，他又是最优秀的剧作家，有时候甚至都难以区分清楚，到底是他的小说好，还是他的剧本更优秀。契诃夫究竟是应该写小说，还是应该写剧本，好像并没有人讨论这样的话题。很难想象的却是，一百多年前，已经成为小说大师的契诃夫，曾经为这个选择痛苦和不安。一八九六年，三十六岁的契诃夫创作了他的《海鸥》，这个剧本上演时，遭遇到了空前的惨败，观众一边看戏，一边哄堂大笑。当时的媒体终于找到一个狂欢的机会，一家报纸很得意地评论说:"昨天隆重的福利演出，被前所未闻的丑陋蒙上了一层暗影，我们从未见过如此令人眩晕的失败剧本。"另一家报纸的口吻更加刻薄:"契诃夫的《海鸥》死了，全体观众一致的嘘声杀死了它。像成千上万只蜜蜂、黄蜂和丸花蜂充斥着观众大厅，嘘声是那么响亮那么凶狠。"

虽然此前也写过剧本，但作为一名戏剧界的新手，契诃夫似乎已意识到这部作品可能会有的厄运，他准备撤回出版许可，甚至有些心虚地不打算参加首演。然而，首演成功的诱惑毕竟巨大，剧作者当然渴望观众的认同，当然渴望剧场上的掌声。在契诃夫小心翼翼的期待中，演出开始了，上演到第二场的时候，为了躲避观众的嘘声和嘲弄，他躲到了舞台后面。这是一场活生生的灾难，是一个写作者的末日，演出总算结束了，本来还假想是否要上台接受观众献花的契诃夫，连外套都没来得及穿，就从剧场的侧门脸色苍白地逃了出去。

凌晨两点，痛苦不安的契诃夫还独自一人在大街上游荡。巨大的失望变成了一种绝望，回家以后，他对一个朋友宣布：“如果不能活到七百岁，我就再也不写剧本了。”其实这个结果完全可以预想到，事情都是明摆着的，就像面对你的小说读者一样，写作者永远是孤独的、无援的，你的受众接受你，必须要有一个痛苦的磨合过程。像契诃夫这样的戏剧大师，也许注定了不能一帆风顺，也许注定了不能一炮而红，也许注定了要经历失败。从三流作家变成一流作家需要一个过程，这个改变需要付出代价，要么是作家做出改变，要么是受众做出改变。

究竟是谁应该做出改变呢，在小说中，主动做出改变的是契诃夫，他的前后期小说，有着完全不一样的品质。很显然，如今在戏剧方面也出现了问题，什么问题呢，他的做法不太符合当时的清规戒律，而所谓“清规戒律”，说白了就是舞台剧的游戏规则。出来混，你就必须遵守规则。早在写作剧本期间，契诃夫就承认自己完全忽视了舞台剧应当遵守的基本原则，不仅仅是用来描绘人物的对话太长了，而且出现了最不应该的“冗长的开头，仓促的结尾”。

然而契诃夫并不觉得自己有什么不对，去他妈的基本原则，清规戒律也好，游戏规则也好，这些都是为平庸者而设置的。只要自己觉得好，“冗长的开头”就是可以的，“仓促的结尾”就是有力的。这一次，契诃夫相信了自己的直觉，他宁愿放弃戏剧创作，也不愿意去遵守那些基本原则。换句话说，在写小说方面，他知道自己的确曾经有过问题，因此，必须要做出改变的是他自己，而在戏剧方面，他没有错，他代表着正确的方向，问题出在观众方面，因此，必须要做出改变的是观众。

准备让受众做出改变的想法，无疑有些想当然，是一种莫名其妙的疯狂。一个作家能改变的只是自己，对于读者对于观众，你不得不接受无能为力的命运。你用不着去迎合他们，读者和观众的口味五花八门，你根本不知道怎么才能让他们满意。与其知难而上，不如知难而退，写作说到底还是让自己满意，自己觉得不好，就进行修正，自己觉得不错，就坚定不移地坚持。

真正改变观众口味的是斯坦尼斯拉夫斯基，这位大导演彻底改变了契诃夫的命运。就在《海鸥》惨遭滑铁卢的第二年，斯氏创建了莫斯科艺术剧院，这以后又过了一年，也就是距离上次演出的两年后，斯坦尼斯拉夫斯基再一次将《海鸥》搬上了舞台。在俄罗斯的戏剧史上，这是一次巨大冒险，历史意义完全可以与法国雨果的《欧那尼》上演相媲美。当时，失败的阴影仍然笼罩在契诃夫心头，除了斯坦尼斯拉夫斯基，没有人看好这部戏。没有人知道最后会是怎么样，演出终于结束，结果大大超出意外，斯坦尼斯拉夫斯基后来回忆说：

> 所有的演员都捏着一把汗，幕在死一般的寂静中落了下来，有人哭了起来……突然观众发出了欢呼声和掌声，吼声震动着帷幔！人们疯狂了，连我在内，人们跳起了怪诞的舞蹈。

《海鸥》的成功像一场美梦，或者说它更像是从噩梦中苏醒过来，从那以后，演出一场接着一场，掌声再也没有停止过。一只飞翔的海鸥成为莫斯科艺术剧院的标志，契诃夫从此成为戏剧界最有影响的剧作家。《海鸥》也自然而然地成为这个著名剧院不断上演的保留节目，成为一种时尚，在当时，不去看契诃夫的戏是一种没文化的表现。《海鸥》的失败和成功，充分说明了原作者之外，其他参与者的重要性。剧本还是那个剧本，两年前之所以失败，是因为导演对剧本不理解，演员对扮演的剧中人物不理解，来看热闹的观众同样是什么都不理解，而这样的不理解，过去存在，现在存在，将来还会存在。

好在时间会纠错，真金子迟早都会闪光，尔曹身与名俱灭，不废江河万古流。记得曾经看过这么一段轶闻，已记不清是在哪一本书上，反正契诃夫的戏正在上演，邀请高尔基去看他的戏，当时的高尔基虽然年轻，比契诃夫小八岁，却已经是非常的当红和火爆。高尔基像明星一样走进剧场大厅，全场起立热烈鼓掌，这种反客为主的反应让高很不高兴，因为这等于冷落了他身边的契诃夫，于是高尔基当场发表了演讲，请观众想明白他们今天是来看谁的戏。后来，高尔基亲眼见证了《海鸥》的成功，他满怀激情地给契诃夫写信：

> 从未看过如同《海鸥》这般绝妙的、充满异教徒智慧的作品……难道你不打算再为大家写作了吗？你一定要写，该死的，你一定要写！

契诃夫后来又写了几个剧本，每一部戏都大获成功。就像老舍对于北京人艺的重要性一样，没有契诃夫，就没有大名鼎鼎的莫斯科艺术剧院，就没有伟大的斯坦尼斯拉夫斯基，就没有能享誉世界的俄国高品质观众。同样，没有斯坦尼斯拉夫斯基，没有莫斯科艺术剧院，没有高品质的观众，也不会有伟大的契诃夫。这是一种互为因果的关系，在这种共生共灭的关系中，机会恰恰是可遇不可求，作家力所能及的，也就只能是处理好与自己作品的关系。要保持住自己的信心，不是每个写剧本的人都能遇上斯坦尼斯拉夫斯基，你完全有可能遇上两种截然不同的观众。

四

记不清自己看过的第一个剧本是哪部戏，我生长在戏剧大院里，看排演，蹭戏，给人送戏票，听别人议论男女演员，这些似乎都是与生俱来的。我父亲差不多一生都在写糟糕的剧本，都在和别人讨论怎么才有戏剧冲突，他已经跟剧本和舞台捆绑在一起，起码在我印象中是这样。或许父亲工作太无聊的缘故，我从小就不喜欢看戏，尤其不喜欢戏曲的那种热闹，总觉得一个人说着话，突然冒冒失失唱起来，这个真的很滑稽。我也不是话剧的拥趸，在我的青少年时期，能看到的话剧都和阶级斗争有关系，好人坏人一眼就能看出来，说话的声音都太大，都太装腔作势。

为什么优秀的剧本会成为个人文学影响拼图中的一块，三言两语还真有点说不清楚。有阅读经验的人都会有这样的体会，也不知道为什么，我们这一代人会把好的外国文学剧本当作小说看。一开始，这跟写作没什么关系，早在没打算做作家前，我就读过莎士比亚，读过易卜生，读过尤金·奥尼尔，读过威廉·田纳西，当然也包括契诃夫。这些剧本是世界文学名著的一部分，也许我们的阅读，仅仅因为它们是名著。名著的威慑可以说是永恒的，它们始终是文学教养的一部分，是我们能够夸夸其谈的基础。我承认自己当年阅读了那么多的书，很大一部分的原因都是为了吹牛，为了能跟别人侃文学。

事实上，在开始写小说后，我才有意识地拿好的文学剧本当作对话训练教材。换句话说，好的文学剧本就是好小说，小说对话应该向好的剧本学习。这种态度在没写小说前根本不会有，有了写小说的体验，情况立刻发生了变化。首先，小说肯定要面临对话，怎么写对话对任何一个写作者来说，都是个必须讲究的技术活。其次，小说家或多或少都会有些占领舞台的欲望，相对于一本打开的书，舞台或者银幕展现了另外一种更大的可能性。好的小说家都应该去尝试剧本写作，高尔基写过，契诃夫写过，毛姆写过，海明威写过，福克纳写过，萨特写过。有成功的例子，当然也会有失败。

小说家听不到剧场里的嘘声，同样也听不到鼓掌，然而潜在的嘘声和掌声，却从来没有停止过。读者的趣味与剧场里观众的喜好并无区别，写作者在乎也好，不在乎也好，它们总归会是一种客观存在。不由得想起自己当年考研究生，最后一道大题是比较曹禺先生的《雷雨》和《北京人》，事后现代文学专业的陈瘦竹先生很严肃地表扬我，说答得非常好，有自己的看法，说到了点子上。我想当时之所以能够让老师感觉回答得不错，专业考试的分数在一百多名考生中最高，很重要的原因是有感而发。是因为我更喜欢《北京人》，从《雷雨》到《北京人》有许多话可以讨论，而曹禺的粉丝更多的只是知道成名作《雷雨》，这就和巴金先生的许多爱好者一样，他们心目中的好作品唯有《家》。对于他们来说，成名作、代表作永远是最好的，其他的作品已经不重要，或者说根本就不存在。

好的剧本不仅可以教我们如何处理对话，如何调度场景，还可以提高写作者在文学创作上的信心。与小说相比，戏剧更世俗，更急功近利，更依赖于舞台和观众，它所要克服的困难也就更大。小说显然比戏剧更容易耐得住寂寞，虽然都是伏案写作，毕竟出版一本书要方便得多。然而有一种遗憾总要让我们纠结，这就是好作家在自己的创作达到顶峰时，经常会戛然而止，再也写不下去。造成写作中断的原因很多，譬如契诃夫，他的艺术生涯因为生命短暂而成为绝唱。不妨设想一下，契诃夫逝世时才四十四岁，如果天假其年，以他良好的写作状态，最后能达到什么样高度，真说不清楚。

通常的观点就是，一个时代必将决定一代作家的写作，在这个观点下，作家们都无能为力。我无心谈论这样那样的原因，更不愿意人云亦云，作为一个写作者，有时候，我更看重的只是结果，有了这样的结果，我们作为后来者又应该怎么样。结果是什么呢，死亡也好，封笔或换笔也好，都是一种写作状态的终结，都是写作的中断。契诃夫四十四岁时死了，巴金四十五岁以后基本上不写了，曹禺写不出，沈从文写不了，移居海外的张爱玲也失去往日光彩。

在评论家眼里，最后写不出来是一种必然趋势，是一种天命。人注定斗不过死神，挣脱不开时代。然而前辈经验是不是还可以给我们别的启示，起码可以让我们再次遇到时，有些心理准备。一方面，生命不是无限的，我们必须珍惜有限的时间，少壮不努力，老大徒伤悲，如果我们真具备了写作这种才能，应该尽可能地抓紧时间将它发挥出来。另外一方面，在逆境中，我们有没有尽力而为，有没有跟必然趋势和天命做斗争。这个前辈或许没能做到，并不代表我们就一定不能做到。优秀的作家都应该有些自不量力，都应该义无反顾，都应该去做点不可能完成的事情。优秀的文学是试图把不可能变成可能，检验优秀作品的标准，也是看你完成了多少前人还没完成的东西。

因此，真正的写作者一往无前，他的人生意义就是，无论逆境顺境，无论能否得到文坛的支持和承认，都必须保持专注度，都必须一心一意。海明威曾经说过，一个人是打不败的，这话听上去很励志，充满了自我安慰，但它确实是一剂镇痛的良药。一个写作者，可以打败他的东西太多了，默默无闻不被文坛承认，功成名遂带来的种种诱惑，这样那样的政治运动，生老病死天灾人祸，除了不屈不挠的抵抗，没有人能笑到最后。

人说到底都是渺小的，也许，唯一可以安慰我们的只是精神上不被打败。对于一个写作者来说，不屈不挠，能够顽强地保持精神上的不败已经足够。

五

促使我写这篇谈契诃夫文章的一个原因，是观看了赖声川导演的《海鸥》。虽然对契诃夫的剧本并不陌生，身临其境在舞台上看他的戏却还是第一次。感觉上，这更像参加一次盛大的戏剧party，显得很隆重，票价非常昂贵，我这张票竟然价值九百八十八元。场面壮观，演员阵容豪华，观众衣着整齐，看上去都是些有身份的人。毕竟花这么多钱来看场戏也不容易，演出开始前，大喇叭里广播注意事项，提醒大家关闭手机，并请诸位约束自己的行为，不要在演出期间吃东西，不要拍照，不要大声喧哗。我身边有人在小声议论，说这可是一次很高雅的文化活动，最能看出本市观众的精神文明素质。

不由得想到小时候经历的两次热闹，一是新华书店发行长篇小说《欧阳海之歌》，一是剧场预售由父亲参与写作的《海岛女民兵》戏票。都排了很长的队，长得仿佛看不到结尾，而我作为一个孩子，也曾是长长队伍中的一员。这是“文化大革命”中的最奇特景观，是当时并不多见的有点文化的文化活动。说老实话，都是非常糟糕的作品，艺术上没有任何可取之处，能记住的只是莫名其妙的人多，人多了就难免起哄，就难免人来疯。“文革”将文化的智商彻底毁坏，将艺术的水准大大降低，当然，不只是“文革”期间如此，今天的现状未必好到哪去，说读者和观众常常都会有点盲目似乎不太客气，但是残酷的事实就是这样。

看戏的过程中确实没人拍照，起码没有闪光灯。应该也没有人吃东西和接收发送短信息。我小心翼翼使用了“应该也没有”这几个字，多多少少表明还只是一种推测，在今日之中国，要想让观众在公共场所不接看手机，不肆无忌惮地吃东西，恐怕会有相当难度。因为坐的位置相对靠前，眼不见为净，没看见就可以算是没有了。演出终于结束，观众们开始热烈鼓掌，开始没完没了地用手机拍照。这时候，我突然感到了难过，心头涌动着一阵阵悲伤，我想起了遥远的契诃夫，想到了他戴着夹鼻镜的模样，想到了他的忧郁，想到了《海鸥》的首场演出，想到演出结束以后他一个人孤零零地在黑暗的大街上游荡。

一百多年前，观众尽情地嘲笑了这部戏。很快，在斯坦尼斯拉夫斯基导演了《海鸥》以后，它已经成为一部可以嘲笑观众的戏。我不知道赖声川导演的内心深处，是不是也存在着这么一种恶作剧心态。仿佛好莱坞演绎莎士比亚的《罗密欧与朱丽叶》时糅进了现代元素，赖声川版的《海鸥》也进行了中国本土化，大幕拉开了，剧务人员正往舞台中央搬运古老的中国明式家具，身着民国服装的演员出现在我们眼前，观众席里开始有了些许骚动。一些台词譬如人名和地名，也不得不做了相应的国产化处理，当这些中国面孔说出那种带有外国腔调的台词时，观众忍不住要笑，确实也笑了，但是这种笑又是很有节制，很文雅，一点都不敢放肆。

名著的威慑力让观众保持了克制，昂贵票价也在悄悄起作用，还有演员的名气，还有媒体此前的宣传和造势，在这样庄重的场合中稍有不慎，很有可能露出没文化的马脚。敬畏是艺术成为艺术的一块重要基石，因为敬畏，高雅艺术获得了得天独厚的生存机会。当然，同样是因为敬畏，附会风雅也成了文明社会的一种常态。所谓艺术就是有时候你根本不知道它好在什么地方，艺术往往就是无知，就是一种认识上的差距。契诃夫的小说也好，戏剧也好，骨子里始终都隐藏着这样一种不安气息，像一名抑郁症患者那样，在他那里，我们可以看到讽刺，看到挖苦，看到批判，然而最后能深深地打动我们，真正能触动到神经末梢的，往往又与那些浅薄的讽刺、挖苦、批判无关。我们真正为之动容和痛苦不安的，恰恰是透过契诃夫的夹鼻镜看到的人间现实。人间的现实是什么呢，是显著而持久的情感低落，是对人生的抑郁和悲观，是舞台上正在上演的那些我们一时还看不明白的东西。

一起看戏的年轻人满脸困惑，想不明白为什么我会那么悲伤。他们中间包括了我的女儿女婿和几个朋友，这些年轻人都接受过高等教育，不会觉得这部戏有多好，当然，也不会觉得有什么不好。评价一部名著会是件非常危险的事情，舞台上的中国元素让他们啼笑皆非，面对传世经典，慎重的年轻人似乎只能对此表示疑义。仅此一点点改编，已足以让他们有理由怀疑今天看到的不是原著。在一个假古董盛行的年代，人们似乎更愿意相信原装货，大家都希望能买到原装进口的电器，买到原装进口的汽车。这部戏让年轻人看到了不是原装的破绽，他们本来很想跟我讨论这个，狠狠地拍一通砖，可是被面前这人眼眶里的泪水给惊住了，他们很意外，心里都在想，这老头今天是怎么了，居然会这么入戏。

我也为自己的情绪失控震惊，写作这么多年，自忖心头已有了一层厚厚的可以用来防御的老茧。写作和职业运动员打球一样，关键是要能够有所控制，写作能力有时候就是掌控能力。回家路上，我开始为孩子们说戏，解释自己为什么会那么激动。其实这个行为本身就有老朽意味，人老了，弄不好便会唠唠叨叨，便会钻进牛角尖里出不来。每个人的看戏准备和期待不一样，我的经历我的观点，与年轻人相比肯定会有点特别。一千个观众就会有一千个哈姆雷特，关于契诃夫，我的联想显然有些过度，用大白话来说就是想得太多了。想得太多并不一定好，也并不一定全对。譬如在我看来，今天在舞台上活动的人物中，起码有三个人可以看作契诃夫的化身。看戏就是看戏，读小说就是读小说，没有人会像我那样别出心裁，十分着急地去寻找作家的影子。作为一名写作者，我总是在琢磨同行为什么要这样写，他又能怎么写，仿佛一名眼光独到的侦探那样，迫不及待地想在作品中寻找到人家犯案的蛛丝马迹。

我告诉孩子们，这部戏中多尔恩医生是个很重要的配角，他的戏份虽然不多，可都用在了关键点上。作为全省唯一一个像点样子的产科大夫，多尔恩医生有着令人敬重的职业，尤其是讨女人喜欢。这个人物简直就可以说是契诃夫的肉身，他很敏感，艺术趣味极佳，分辨得出戏的好坏，听得见人物内心深处的声音，能够看明白世间一切。他的目光也成了这部戏的焦点，换句话说，多尔恩医生所看到的，既是契诃夫所看到的，同时也意味着剧作家本人想让我们看到的东西。在小说叙事学中，多尔恩医生就是那个常见的第三人称说故事者。当然，直截了当地换成第一人称的“我”也未尝不可，我们都知道，契诃夫自己就是一名职业医生，有些台词听上去就好像是从他嘴里说出来一样。

契诃夫是最早把小说艺术引进戏剧的人，在他之前，通常的做法只是在小说中引进戏剧元素，《海鸥》是戏剧史上一次成功的冒险。很显然，仅仅有一位多尔恩医生还不足够，还不算过瘾，契诃夫又掺和了自己另外的两个化身，一个是功成名就的小说家果林，一个是失败的年轻戏剧爱好者科斯佳。这两个人既可以分开，也可以合并，他们代表着一个写作者可能会有的几种结局，代表着幼稚和无知，代表着理想和追求，代表着不被人理解，代表着受到追捧的名利双收和不断地被误读。与契诃夫的小说一样，《海鸥》中并没有什么大的阴谋，没有明显的好人坏人，没有什么不可缓和的戏剧冲突，即使有一些大起大落，也统统是在舞台的背后完成。所有我们可以称之为戏剧性的东西，那些可能好看的场面，都被直接转移到了幕后，诸如诱奸、背叛，包括开枪自杀，都发生在舞台之外。在契诃夫笔下，这些强烈的场面虽然有着很好的戏剧冲突，但是它们都不适合在舞台上表演，因此只能让观众耳闻，不可目睹。

一九〇二年，流亡海外的梁启超创办了《新小说》，“小说界革命”轰轰烈烈开始了，“开启民智”成为一个时髦词汇。从此，小说家如果不以启蒙的思想家自居，都不好意思在文坛的江湖上厮混。中国固有文化中的“末技”，古代文人眼中的“小道”，经过梁启超的鼓吹，顿时身价百倍，小说从原来的不入流，不入文学之法眼，上升到了“为文学最上乘”。然而关于小说的大话套话，通常都是那些不写小说和小说写不好的人在自说自话，结果就是好话说尽，好事却没有干绝，简简单单的小说也没写好。在契诃夫笔下，无论是他的小说，还是他的戏剧，都见不到什么启蒙的思想家光辉。用他的小说和戏剧来“开启民智”，注定了会是大而无当，就好比是要用一套木工的工具来进行烹饪一样。对于契诃夫来说，小说艺术戏剧艺术，无非都是一种发现，是观看人生的一种角度。同样的人生，不同的角度，于是就有了不一样的发现。

艺术就是别具慧眼，透过契诃夫那副深沉的夹鼻镜，人间万象成为不朽的艺术。《海鸥》结局出人意料，或许也超出了作者本人的意料。开场不久，年轻的科斯佳在无意中猎杀了一只海鸥。“无意”和“海鸥”都有着特别的象征用意，科斯佳将失去了生命的海鸥尸体扔在了心爱的妮娜面前，十分痛苦地说自己干了一件“最没脸的事”，说他“不久就会照着这个样子打死自己”。这句带些矫情的念白中，隐藏了太多潜台词，它在暗示，暗示那支猎枪迟早都会打死一个人。根据好莱坞电影的原则，每一个镜头都不应该多余，每一件道具都应该派上用场，这把枪最后是打死诱奸妮娜的果林，还是打死不再爱科斯佳的妮娜，还是像科斯佳自言自语那样，用来结束自己生命，成了一个吸引我们看下去的悬念。

作家在写作过程中无所不能，最后扣动扳机的是契诃夫，他决定着某一个人的生和死。换句话说，所有的戏剧逻辑都可以忽略，所有的清规戒律都可以不管，作家掌握着生杀大权，他想让谁死，就可以很轻松地让谁去死。尽管在一开始，契诃夫曾对人宣布自己写了一出让人发噱的喜剧，可是只要有这把猎枪的存在，只要最后死了人，它都不可能再是一部传统的喜剧。雅俗，善恶，美丑，所有这些被人津津乐道的东西，在契诃夫的作品中，从来都不是那么清晰。为什么打死的不是那个道貌岸然的果林呢，如果是他，这是罪有应得。为什么不是那个美丽天真的妮娜呢，如果是她，便可以演绎一幕壮烈的古典悲剧。然而契诃夫却选择了可怜的科斯佳，也许理由很简单，也许在一开始就是这么注定的，结果我们现在要探讨的只能是，契诃夫为什么非要这么做，他为什么要杀死科斯佳。

这也是为什么会让人伤心流泪的地方，我仿佛看到契诃夫做出这种抉择时的痛苦。难道他已预感到了《海鸥》可能会有的惨败，预感到可能还有比惨败更糟糕的结局，这就是观众最终根本不可能真正理解他究竟想说什么。很显然，契诃夫内心深处对于观众的无知一清二楚，他爱观众，可是并不相信观众。他的脑袋里什么都很明白，就像舞台上的戏中戏一样，看戏无非是凑热闹，看戏就是看看戏的人在如何表演。对于真正的写作者来说，不能被读者真正理解，不能被观众真正接受，这些痛苦与生俱来，是作家不可避免的命运。有时候，失败是一种惩罚，有时候，成功也是。人心隔人心，路途太遥远，因此科斯佳的饮枪自尽，更像是作者本人对着自己脑袋开了一枪，更像是对着心中的文学开了一枪。不妨想象一下，《海鸥》首场演出后，契诃夫一个人行进在夜晚深处，孤零零地在大街上漫步，不能被人理解的痛苦折磨着他，这时候，如果手里有一把枪，如果契诃夫足够冲动和疯狂……

人生往往就是一场“冗长的开头，仓促的结尾”的大戏，绝望中的写作者还能做出一些什么更让人吃惊的傻事呢，除了杀死自己，我们别无选择。在戏的结尾处，陷入沉默的科斯佳把正在写的稿子扔了，跑下台去，再过一会，他将对着自己的脑袋开枪。这就是《海鸥》匪夷所思的结局，所有的人都觉得莫名其妙，台上台下都不明白那突然响起的枪声是怎么一回事。这时候，科斯佳的明星母亲还在谈笑风生，一边喝酒，一边打麻将。那只被做成标本的海鸥正在被议论，果林已完全想不起是怎么一回事，早忘了自己对这只海鸥曾有过的一番精彩评价。突然间枪响了，吓了大家一跳，敏感的多尔恩医生走下台去，很快又回来，随口扯了一个小谎，轻描淡写地跟大家说什么事都没发生，只不过是药箱里一个小瓶子爆炸了。他若无其事地走到果林身边，搂着他的腰，一边继续插科打诨，一边悄悄地告诉他真相，同时也是在告诉观众真相。多尔恩医生让果林赶快想个办法把科斯佳的母亲领走，因为那个叫科斯佳的可怜孩子，那个充满理想热爱戏剧的年轻人，那个为了爱什么都可以付出的天才少年，死了，他自杀了。

然后，然后大幕拉下了，戏结束了。

二〇一四年六月　河西

芥川龙之介在南京

对于芥川龙之介一直没什么特别好的印象，为什么呢，三言两语说不清楚。首先因为他是个日本人，在南京这个血迹斑斑的城市，你若是说几句日本人的好话，肯定不招人待见。其次，作为一个小说家，他写的东西太少，差不多都是短篇，一个《罗生门》获得太多叫好声，太多了，难免名不副实。

当然也因为还有个芥川文学奖，差不多就是中国的茅奖鲁奖，有一阵，我很在乎这个，非常虚心地向人家学习，总觉得大家都是亚洲人，都属于向西方学习的东方。后来便不在乎了，觉得这日本最高文学奖就那么回事，水得很，不看也没什么大碍。很多年以前，鲁迅先生翻译过芥川的小说，是不是中国第一人我不知道，但是有了这个例子，很容易落下把柄，证明我们的作家远不如日本，往好里说，是鲁迅受到了人家芥川的影响，往不好的地方猜测，就是学习和模仿，这太有损于中国最伟大作家的形象。

幸好鲁迅没见过芥川，他在日本留学时，芥川还是个毛孩子。后来芥川成了点名，成了著名作家，到中国参观游览，大大咧咧地来了，完全不把中国放在眼里，中国也没太把他当回事。鲁迅翻译的《罗生门》和《鼻子》，据说就发表在芥川访华期间，按说在北京完全可以有见面的机会，但是鲁迅没有屈尊，没去拜访送上门的芥川，芥川呢，也没有去向比自己年长十一岁的鲁迅表示感谢，中日文坛上本该有的一段佳话，就这么擦肩而过。

结果芥川在北京跟胡适先生见了一面，还参见了一个叫辜鸿铭的老怪物，跟辜大谈段祺瑞和吴佩孚，顺便又聊了几句托尔斯泰。到北京前，芥川已在中国绕了大半圈，一边参观游览，一边写文章记录。说老实话，中日两国真是冤家，从芥川记录中国的文字中，你能读到太多的不友好。一般情况下，我们介绍芥川这个作家，往往会挂一笔中国文化对他的影响，说他喜欢《西游记》，喜欢《水浒传》，说他中学时代的汉语水平超常，但你要真是读过芥川的东西，读完了他那本《中国游记》，会发现根本不是那么回事。

芥川文学理想上更向往西方，在来中国的途中，他发现同船的旅客都在晕船，一个个痛苦不堪，除了一个高大的美国佬。芥川以非常羡慕的口气写道，“那个美国人简直是个怪物”，不仅照样吃喝，饭后“还在船上的客厅里敲了一会打字机”。这一段带有赞赏意味的描写，作为一本书的开场白，似乎也影射了当时的世界局势。第一次世界大战结束了，大英帝国日薄西山，奥匈帝国土崩瓦解，只有美帝国主义成了一个不折不扣的暴发户。

到达中国的第一站是上海，或许是写给自己同胞看的，芥川丝毫没有考虑到中国人的感受。他的文字中充满傲慢，从头到尾都是不屑。“第一瞥”所见的中国车夫既肮脏，而且“放眼望去，无一不长相古怪”。这个描绘有些莫名其妙，中国人和日本人相貌难道真有那么大的差别吗，显然不是，杨宪益先生当年去欧洲留学，因为坐的是头等舱，服务员就认定他是个日本人，怎么解释都没用。胡适的日记中对芥川也有这么一段描写：

> 他的相貌颇似中国人，今天穿着中国衣服，更像中国人了。这个人似没有日本人的坏习气，谈叶（用英文）也很有理解。

有一个污辱中国人的词汇我们都熟悉，这就是“东亚病夫”。芥川看不上中国人，是典型的日本人情结，在他们眼里，大东亚应该或者可以共荣，然而中国人太不争气，都是他妈的病夫。可惜到达上海的第二天，芥川自己也不幸地病倒了。那年头，我们的祖国固然很穷很落后，天应该还是蓝色，空气也新鲜，肯定没有雾霾问题，芥川的病怨不得中国，但是他不会这么想，日本的读者也不会这么想。

时年三十的芥川仿佛病歪歪的林黛玉，刚到上海就去了医院，一住二十多天。这以后，一直处于抱病状态，因此他文字中也难免有一种病房药水的气味。在来南京以前，芥川还去了杭州、苏州、扬州、镇江，很显然，为了拜访这座古城，他做了些功课，读过几本书。由于此前有过太多的不好印象，对于在南京可能会遇到的种种糟糕情形，似乎做好了充分准备：

> 一查时刻表，离开往南京的火车出发还有一个小时的时间。既然还有时间，就没有不去看一眼山顶建着高塔的金山寺的道理。我们经过评议一致决定后，便立即又坐了黄包车。虽说是立即，但事实上也跟往常一样，要为了车费的讨价还价花上十分钟的时间。

黄包车首先经过了由排成一溜儿的窝棚构成的很原始的贫民窟。窝棚的屋顶上铺着稻草，但基本上看不到泥抹的墙壁。大都是围着芦席或草帘子。屋里屋外的男男女女，都带着一副凄惨的面孔在那里徘徊。我望着窝棚的屋顶后面高高的芦苇，觉得自己好像又要长痘疮了。

“你看到那条狗了吗？”

“好像是没有长毛呀，没长毛的狗真是少见，不过挺吓人的。”

“它之所以变成那样是因为梅毒。据说是被苦力们传染的。”

梅毒是一种性病，这段文字中传递出的暧昧信息，模棱两可的表述，让人感到很恶心。芥川正是带着这种嫌弃心情，登上了开往南京的列车。从镇江到南京近在咫尺，抵达南京的那天下午，为了能够马上到城里去看看，芥川同往常一样坐上了黄包车。虽然有所心理准备，这个拥有悠久历史的古城展现出来的极度荒凉，还是让他感到很意外。余晖流溢的城中，到处可以看到成片绿油油的麦田，蚕豆花开了，大大小小的池塘中浮着鹅和鸭。中国导游告诉芥川，这个城市“约有五分之三的地方都是旱田和荒地”。

接下来一段对话让人哭笑不得，芥川似乎忘记了自己的作家身份，他望着路旁高大的柳树，望着那些“欲塌的土墙和燕群”，在“被勾出怀古幽情的同时，也寻思着要是把这些空地都买下来的话，或许能一夜暴富也未可知”。于是便用一种房地产商的口吻开导导游，告诉他这是个非常好的发财机会。然而导游拒绝了芥川的好意，回答说自己根本不可能考虑他的建议。导游说中国人是不考虑明天的事的，绝不会去做买地那样的傻事，说中国人对一切显然都看得很透彻，他们看不到人生的任何希望：

> 首先是想考虑也考虑不了，不知什么时候家就可能被烧了，或者人被杀了，明天的事情谁都不知道。中国和日本是不一样的，所以现在的中国人，比起瞻望孩子未来的前程来，更容易沉溺于酒和女人。

如果不是写在芥川的书里，我真不敢相信，一九二一年的南京人会如此绝望。作为一名能陪同日本人的导游，他的身份起码也应该是个留学生，因为只有这样，会说日语或者英语，才可能与学习英国文学的芥川对话。芥川于一九二七年自杀，他不可能预测到后来的形势发展，不会想到他死的那年，国民政府会在南京成立，这个城市因此进入一个从未有过的繁华期。也不会想到在他死后十年，日本人的军队气势汹汹地征服了这座城池。

在南京访问期间，芥川的交通工具是当时最常见的黄包车。讨价还价是必须的，日本学者青木正儿同时期的中国游记，如何与车夫以及商贩斗智斗勇，也是写得活灵活现。此前在苏州游览，芥川尝试过骑毛驴，显然不是一个好骑手，一不小心便连人带驴一起闯进了水田。结果脚上那双小羊皮的皮鞋上磨破了两三个大洞，因此参观城南的夫子庙，经过一家鞋店，芥川决定要为自己买一双新鞋。

> 走进鞋店里一看，铺面比想象的要大。里面有两个工匠，正在一心一意地做着鞋。在四周的大玻璃柜子里，西式鞋自不必说，还摆放着很多中式的鞋。黑色的鞋、桃红色的鞋、浅蓝色的鞋，中式的鞋都是缎子面的，大小各异的男式和女式的鞋子排列在映着夕阳的橱柜中，有一种奇妙的美感。

奇妙的美感让芥川“稍稍有点罗曼蒂克的感觉，开始在那些成品鞋中物色”，他的好奇心被引发了，竟然怀疑在橱柜的某个地方，会有用人皮缝制的奢华女鞋。最后的选择既现实又浪漫，他挑了一双定价六日元的半高腰皮鞋，色彩有些鲜艳，芥川自己也无法准确描述它，“又像是黄色又像是黑色”，或者干脆是“极其古怪的红皮鞋”，芥川的朋友见了直摇头，忍不住要讥笑，说他“好像是穿着书包走路似的”。

一九二一年春天，芥川穿着这双古怪鞋子，在南京城里走来走去。秦淮河畔到处留下了他的足迹，芥川不无遗憾地告诉自己的同胞，中国古人说的“烟笼寒水月笼纱”的美丽风景已见不到，秦楼楚馆犹在，然而都“无非是俗臭纷纷之柳桥”。柳桥在日本东京浅草区隅田川西一带，是著名的花柳街，也就是所谓红灯区。芥川在游记中引用中国古诗词，提到了“六朝金粉”，还提到《秦淮画舫录》，提到《桃花扇传奇》。

这一年的南京相对平静，远在广东的孙中山宣誓就职非常大总统，与十年前在南京任临时大总统一样，权力非常有限。远在北京的北洋政府，内阁不停地折腾，这位上任，那位下台。就在这一年，在上海，在芥川去拜访过的一个朋友家里，召开了中国共产党的第一次代表大会。召开前夕，作为创始人之一的张太雷向共产国际汇报，说中共已拥有七个省级地方组织，其中之一便是“南京组织”，然而代表大会召开，广州去了代表，北京去了代表，长沙、武汉去了代表，山东去了代表，连留日学生也有代表，大大咧咧的南京方面，竟然没向路途并不遥远的上海派代表。

一九二一年的南京看不到什么希望，没人会想到七年以后，此地会成为中华民国首都。读民国时期的南京书写，很容易发现这个城市总是避免不了有伤风化，因此，说芥川在南京流连妓馆酒楼，多少也是因为环境使然。正如前面那位中国导游说的那样，既然大家都对前程如此失望，那么“沉溺于酒和女人”就会变得自然而然。一九二一年的南京在政治上属于北洋军阀统治，这时候，此地最高行政长官是江苏督军齐燮元，一个能说会道即将失势的直系军官，与同样是直系大佬的吴佩孚和孙传芳相比，各方面要逊色许多。二十多年后，齐燮元作为汉奸在南京被处决。据说他临死前还嘴硬，说汪精卫是汉奸，因为他听日本人的，蒋介石是汉奸，因为他听美国人的，毛泽东是汉奸，因为他听苏联人的，我齐燮元不是汉奸，因为我只听我自己的。

我开始关心芥川与南京，与他的《南京的基督》有关。第一次读到这个短篇很吃惊，因为芥川描述了一个毫无真实感的南京，一个太像故事的故事。小说不应该太像故事，一位坚信基督的雏妓，为了不把梅毒传染给嫖客，突然守身如玉起来。根据当时一个不靠谱的传说，妓女沾上了梅毒，只要再接次客，就能把病毒传染出去，就可以立刻恢复健康，然而这雏妓觉得自己不能这么做。

> 天堂里的圣主基督：我为了养活父亲，从事着卑贱的勾当，可是，我的这份营生除了污损我自己之外，就再也没有给任何人添过一点麻烦。所以，我相信自己就算这样死了，也是一定能进天堂的。可是，现在我如果不把病传给客人，就不能像以前一样做这份营生了。这样看来，我不得不做好准备，即便是饿死，也决不和客人睡在同一张床上——虽然那样做的话我的病可能就会痊愈。不然的话，我就等于为了一己之利而坑害了无冤无仇的人。可不管怎么说，我毕竟是女流之辈，说不定什么时候就有可能抵御不住无法预料的诱惑。天堂里的圣主基督，无论如何请保佑我！毕竟我是一个除了你之外就再别无依靠的女人。

这段文字充满了民国范儿，出自十五岁的雏妓嘴里，实在有些那个。作为一名现代文学专业研究生，我读过太多类似的文字，不，应该说比这更糟糕的描写。芥川的高超之处在于拆解，最后基督化身嫖客，骗子冒充基督，理想和现实被融化打通，雏妓的生命和灵魂都得到拯救。说到底，又是一部“罗生门”，一个不同寻常的结尾，直接提高了小说的艺术水准。芥川毕竟是芥川，名家还是名家，有那种化腐朽为神奇的非凡功力。

在旅馆的西式房间，芥川叼着呛人的雪茄烟，下笔如飞，记录走马观花后的秦淮风景。一个日本作家在中国的南京抽雪茄，模样虽然有点酷，但感觉上怪怪的。他非常沮丧地写道，“万家灯火映照着坐在黄包车上的妓女，宛若行走于代地河岸，然未见一姝丽”。“代地河岸”位于东京的柳桥北侧，我一直以为《南京的基督》是生活体验后的产物，事实却是在来南京之前，芥川写了这篇小说，而且已经公开发表。换句话说，因为有了这篇小说，他才来到南京，在尚未看见此地的“姝丽”之前，先毫无根据地意淫了一番梅毒。这样编排故事有些煞风景，不过也很好地说明一个问题，文学是世界的，信仰是世界的，为生活所迫的雏妓也是世界的，南京秦淮河畔的悲剧，与东京柳桥代地河岸的故事，其实没太大差别。

在南京，芥川还享受了当时的按摩服务，因为身体严重不适，他向女佣提出要按摩。女佣吓了一跳，说没有专门的按摩师，只有理发师凑合着会玩几下。于是真找了个个子极高的剃头匠，“从头颈到脊梁的肌肉依次抓了一番”，“酸疼的肢体渐渐变得舒服起来”，害得芥川一个劲地夸好。

还是在南京，一位日本朋友很严肃地告诉芥川，在这最可怕的就是生病，自古以来在南京生了病，如果不回日本治疗，没有一个人能活下来。这话把芥川给吓住了，他忽然感觉到自己快要死了，立刻下决心撤离。“只要明天有火车，栖霞寺也不看了，莫愁湖也不看了，马上回上海去”。第二天他离开南京，上海的医生做了一番检查，诊断结果是“哪儿都没有问题，你觉得不好，是神经作用”。

芥川不打算再去南京，旅行还没结束，他还要去汉口和长沙，还要去北京，医生说这点旅行根本不算什么，他的身体完全吃得消。

二〇一五年二月十七日　河西

关于略萨的话题

在去上海的列车上，断断续续一直在想，今天的活动应该说些什么。略萨先生到中国来了，最新的诺贝尔文学奖得主闪亮登场，将和中国的热心读者见面。媒体上早已沸沸扬扬，我从来就不是一个擅长言辞的人，尤其不喜欢在公开场合说话，今天既然专程赶过去捧场，肯定要说几句。

我知道将会遭遇一个非常热闹的场面，外面下着雨，忽大忽小忽冷忽热，典型的江南梅雨季节。在会场上，活动正式开始前，我见到了很多朋友，安忆来了，陈村来了，小宝来了，诗人王寅来了，李庆西夫妇从杭州赶来。这些熟悉的朋友让人感到亲切，我突然意识到，即将开始的文学聚会将成为一段文坛佳话，是文学的名义让我们又聚集在一起。

我几乎立刻意识到，大家在这里碰面，并不是意味着某位诺贝尔奖得主要大驾光临。毫无疑问，如果没有这个大名鼎鼎的奖项，我们这些人肯定也会赶来，因为我们都读过他的小说，我们喜欢这个作家。事实上，这个活动早在一年前已经开始筹办，那时候，没有人想到略萨会得诺贝尔文学奖，出版方也没有在赌他会得这个奖。

如果有人不相信我的说法，可以上网搜索。一年半前，新版的略萨著作刚推出，我曾写过推荐书评。也就是在那个时候，出版社告诉我，他们不仅出版了略萨的一系列作品，并且将邀请他来华，为他做一连串的宣传。有关略萨将来中国的消息，早在那时候就有报道。

很显然，如果没有诺贝尔文学奖，今天这活动仍然会按期举行。很显然，如果没有这个奖，活动的热闹会大打折扣。

略萨先生出场了，掌声，灯光，呼唤，一切都没有出乎意料，完全像个大party。计划中，我和甘露将作为嘉宾，上场与略萨进行对话。在这样喧嚣的场合，甘露显然比我老练，他与略萨一样穿着西装，没有系领带，既正式又休闲。

对话前是朗诵，大段的中文朗诵，地点在戏剧学院的一个小剧场，标准规范的普通话，声情并茂，抑扬顿挫。不能说朗诵得不好，应该说很好，很科班很学院，可是总有点格格不入，也许盗版碟看得太多，我已经习惯了配字幕的原声带，更喜欢原汁原味。

接下来，终于轮到略萨，终于听到了他的声音，真人的声音。略萨开始为听众朗诵《酒吧长谈》，我们听不懂他在说什么，懂不懂并不重要。我们更愿意听这声音，这也许就是大家今天来这里的目的，毕竟这才是原汁原味。毫无疑问，略萨的朗诵是今天活动中最精彩的一个片断，有幸耳闻，有幸目睹，足够了。

我已记不清自己说了些什么，有些紧张，不是因为面对大师，更不是因为诺贝尔奖。在公众场合，我都是这样没出息，大脑会不听使唤。准备了很多话，有的忘了，有的突然不想说了。也许，写作的意义就在于此，因为借助笔，或者说借助电脑，我们可以把思想的火花用文字固定下来，让白纸上落满黑字。很显然，作家能够成为作家，不是他会说，而是他能写。

我向略萨表达了感激之情，我告诉他，中国作家面对世界文学，向来是谦虚的，我们的父辈，父辈的父辈，对外国文学中的优秀作品，始终抱着一种虚心学习的态度。我没有说，他是我见到的第一位活着的诺贝尔奖作家，尽管事实就是这样。我也没有向他表示祝贺、吹捧和赞美，说他是多么了不起。作为最新的一届得主，他正处在花丛和掌声之中，会在中国获得非同寻常的礼遇。作为一个写作者，他获得的荣誉已经太多了。

我觉得应该告诉略萨，与他一样，我们这一代作家，都是世界文学的受惠者。跟他一样，我们也读雨果，读托尔斯泰，读海明威和福克纳，读萨特和加缪，读博尔赫斯，读鲁尔福，一本接一本地读被称为文学爆炸的拉美作家。略萨代表的这一代拉美作家，对我们这些刚走上文坛的青年人来说，有着不一样的意义。当然，并不是说他们就一定比前辈更出色，而是因为他们对于我们来说是活生生的现实，是与我们同时代的当代文学的一部分。虽然相差了二十多岁，我们面对着同一个太阳和月亮。

必须承认，拉美文学爆炸的一代作家，是我们学习的榜样，是我们效仿的楷模，是我们精神上的同志。我们的目标很明确，既想继承世界文学最精彩的那些部分，同时也希望向拉美的前辈一样，打破既定的文学秩序，在世界文学的格局里，顽强地发出自己的声音。

拉美文学的爆炸，影响了世界。我们是被影响的一部分，我们是被炸，心甘情愿地被狂轰滥炸，因为这个，我们应该表示感激之情。

文学对话开始前，主持人对我说，因为话筒不够，待一会话筒到了你手上，就由你来控制局面，最好不要冷场。几乎在第一瞬间，我便想到有甘露，既然主持人可以把话筒推给我，我当然应该毫不犹豫地推给他。结果，当我和甘露各说了一段话以后，我们竟然哑场了，一时不知道说什么好。

幸好甘露临时想到了一个话题，让略萨的演讲源源不断地说下去。略萨显然是有备而来，大谈他的文学影响和传承，大谈他的文学同行，说博尔赫斯，说鲁尔福，说马尔克斯。事实上，这些都是我们熟悉的话题，是我们已经知道的文学史，说是课堂上的老生常谈也不为过。类似的演讲肯定不是第一次，众口永远难调，略萨的表现非常得体、大度、谦虚，同时又十分自信。

略萨的谈话洋洋洒洒，说世界文学的影响，他报了一大串名字，轻轻带过了中国文学。为了担心进一步的冷场，我不得不准备了一个近似八卦的话题，真要是无话可说，就逼他谈谈对中国文学的印象。好在已经用不到了，我们的对话很快到了尾声，到了听众的提问时间，话筒又回到了主持人手上。

客随主便，到人屋檐下，不能不低头，就算是再尊贵的客人，略萨也必须继续老生常谈，不得不回答，重复那些自己或许根本不愿意说的话题。诺贝尔文学奖对他有什么影响，对人生有什么改变。既然是第二次来上海，对上海的印象怎么样，上海有了什么样的巨大变化。对专业写作和业余写作有什么样的观点，一个作家究竟是应该业余写作，还是成为全心全意的专业作家。

和大多数演讲者一样，略萨对这些老套话题，很有耐心，友好，真诚，掏着心窝。

略萨回答听众提问的时候，几个学生模样的人开始退场。你可以说这些青年人很无礼，也可以说他们特立独行，非常自信，应该有这个自由，根本不在乎演讲者的诺贝尔奖光环。我不知道略萨是怎么想的，他无疑也会吃惊，会略微有些不爽，但是还在继续回答，仍然继续发挥。我却感到很羞愧，这就是今天的文学现实，无论你是多大的腕，都可能只是突然热闹一番，一下子聚集了许多人，灯火辉煌掌声四起，大家更可能不是奔文学而来，更可能凑个热闹抬腿就走。我的女儿也在现场，作为一名父亲，如果她此时此刻做出这样的无礼行为，我一定会事后教训。同样，如果我是学校的老师，肯定会告诫学生，你们可以不去听某人的演讲，中途三三两两退场，既是不尊重别人，也是不尊重自己。

略萨说起自己刚开始文学创作时的艰辛，那时候他太年轻，为养家糊口，一下子兼着好几份工作，在图书馆打工，当记者，最让人吃惊的，还有一份活儿竟然是为死人做登记。他讲述了一个写作者最可能面对的悲哀现实，为了喜欢写，为了能写，你也许必须先找一个管饭吃的工作，这份工作很可能是你非常不愿意干的。

现场有同声翻译，有些片断完全听明白不容易，但是略萨说的这段话我听得非常清楚，太直白了，是个人就应该完全理解。事实上，大多数热爱写作的人，都可能有过这样的经历，有过类似的强烈感受。有趣的是，某些媒体人士与我理解的并不完全一样，最不靠谱的还是网上的反应，这段话到了某记者笔下却成为这样，而且被广泛转发：

> 下午去采访略萨与中国作家对话，老头说，他不支持“专业作家”这样的做法，很多优秀经典作品都是在艰苦的环境下诞生的，作家如果被养起来，是没有感觉的。当时，坐在他身边的叶兆言和孙甘露，貌似脸都绿了。看来这就是中国出不了诺贝尔文学奖的真正原因了。这个当了一辈子记者的老头，真犀利。

略萨并没有当一辈子的记者，这完全是想当然，自说自话。作为一名职业作家，略萨一直在追求一个能够安心写作的环境，幸运的是他得到了，他可以自由地写作，而不是为了饭碗去工作。艰苦的环境与诺贝尔奖没有直接关系，略萨绝对没有说不支持“专业作家”，很显然他根本弄不明白中国特色的所谓“专业作家”，他所关心的只是，一个写作者能否全心全意地写作，是否全身心，对于一个作家来说，除了写，没有什么更重要。

略萨也许是小说家中最关心政治的人，他关心政治，投身政治，竞选过总统。这不代表所有的写作者都应该向他学习，事实上，绝大多数作家根本不擅长政治，政治跟文学从来都是两回事。政治的肮脏远比我们想象的更糟糕，更令人生厌，略萨的幸运在于他被政治戏弄、玩耍，最后幡然醒悟，不得不叹着气远离这个该死的泥潭。

略萨的意义，不是因为他曾经是极端的左派，后来又成为坚定不移的右派。拉美作家皆不太甘于寂寞，血管里盐分多，力比多也强烈，坚决不回避政治。马尔克斯喜欢古巴的卡斯特罗，为抗议智利政变，文学罢工五年。略萨有过之无不及，年轻时参加共产党，学习马列著作，研究毛泽东思想，后来思想右倾，成为政党领袖，参加总统竞选，一度还处于领先，眼看就要黄袍加身，最后输给了那个日本人藤森。

略萨的意义，在于写出了优秀的文学作品。因为一连串优秀的小说，我们这些热爱文学的人，有幸聚会在此，愿意走到这里来。政治上的失败成全了他，同时也给了我们这次愿意相会的理由。

带了一本初版的《青楼》赶往上海，让略萨在上面签名留念。这是我很多收藏中的一本书，这么做既表示对作者的崇敬，更是对一个逝去的阅读时代的怀念。三十年前，略萨的这本书第一版就印了五万册，如今虽然有诺贝尔奖的光环罩着，新版印数并不乐观。

美好的阅读时代离我们越来越远，文学的生存处境越来越糟糕。不只在中国，在世界范围内，差不多都这样。阅读已不重要，已处在边缘的边缘，今天的大众更关心话题，更喜欢浮光掠影的报道，更愿意看网上犀利的议论。略萨来了，他很快就要走，如果我们没有因此去触摸他的文字，年长者没有重温历史，年轻人还是不愿意阅读，他或许就真是白来了。

二〇一一年六月十六日　河西

去见奈保尔

中国的文化人对于西方，始终保持足够的敬意。作为一个东方文明古国，向往西方可以说有悠久传统。东汉时期开始了轰轰烈烈的佛学运动，这是中国历史上的第一次西化。

在今天的西方人眼里，佛教代表东方，在古时候中国人心目中，佛学非常西方。唐朝一位皇帝为一个和尚翻译的经书作序，产生了一篇书法史上有重要地位的《圣教序》，用到了“慈云”这个词，所谓“引慈云于西极”，把佛教的地位抬得极高。在皇帝的序中还有这么一句话，“朗爱水于昏波”，什么意思呢，意思是说水这玩意本来是很好的东西，充满爱，现如今却被搅浑了，不干净了，于是通过教化，通过引进的西方经典，让水能够重新变得清朗起来。

那个会翻译的唐朝和尚，是中国古代最伟大的翻译家。后来成了小说《西游记》中的重要人物唐僧，不过一旦进入小说领域，方向立刻改变，佛学内容已不重要，重要的是如何才能到达西方，换句话说，是如何抵达的过程。事实上，它说的就是几个流浪汉如何去西天取经的经历，既然是小说，怎么样才能让故事更有趣和更好玩，变得更重要。《西游记》生动地说明了向西方取经学习的艰辛，必须要经过九九八十一次磨难。

中国古代文化人敬仰西方由来已久，都喜欢在佛学中寻找安慰。自称或被称“居士”的人很多，李白是青莲居士，苏轼是东坡居士，文化人盖个茅屋便可以当作修行的“精舍”。佛学影响无所不在，说得好听是高山仰止，见贤思齐，说得不好听就是“妄谈禅”，不懂装懂。

古代这样，近现代也这样，我们前辈的前辈、祖父曾祖父级的老人都把外国小说看得很重，譬如鲁迅先生，就坦承自己写小说的那点本事是向外国人学的。我的父亲是一名热爱写作却不太成功的作家，也是一个喜欢藏书的人，我所在那个城市中的一名藏书状元，他的藏书中，绝大多数都是翻译的外国小说。

我们这一代作家更不用多说，我曾经写过一篇很长的文章，谈论外国小说对我的影响，有一句话似乎有些肉麻，那就是外国月亮不一定比中国圆，但小说确实比中国好。又譬如再下一代，我们的孩子们只要兴趣在文学上，他们就不敢怠慢外国文学。我女儿在大学教授外国文学，知道我要去与获得诺贝尔奖的奈保尔先生见面，很激动，大热的天，也想赶往上海凑热闹，被我阻止了。因为我知道，尽管她英文很好，完全可以和自己偶像对话聊天，但是显然不会有这样的好机会，乖乖地待在家看电视算了。女儿拿出一大叠藏书，有英文原版的，也有香港繁体字版和大陆版的，让我请奈保尔签名。书太多了，最后我只能各选了一种。

毫无疑问，对于精通外文，或者根本不懂外文的中国人来说，翻译永远是一门走样的艺术。就像佛经在中国汉化一样，外国文学名著来到这，必定是变形的、夸张的，甚至是扭曲的。这也是一种无可奈何的选择，就像优秀的中国古典诗歌不能用现代汉语翻译一样。但是利远远大于弊，得到要远比损失多得多，它们给我们的营养、教诲、提示，甚至包括误会，都具有不同寻常的意义。它们悄悄地改变了我们，而且不只是改变，很可能还塑造了我们。

二〇一四年八月十二日，如约在上海见到了奈保尔。我不是个喜欢热闹的人，这次参加国际图书展，也是因为有本自己的新书要做宣传。不管怎么说，能与奈保尔见一面，也可以算一件幸运的事，毕竟他是近些年得奖作家中的佼佼者。不过凡事都怕比较，同样是诺贝尔文学奖得主，与几年前略萨先生的出现不一样，这一次显得更加隆重。

或许是他身体不太好的缘故，只要是奈保尔一出现，难免前呼后拥。他坐在轮椅上，突然被推进了会客室，立刻引起一阵混乱。一时间，真正感到困惑的是奈保尔，他显然不太适应这样的场合，大家过去跟他握手，翻译大声在他耳边提示，他似懂非懂地点头，微笑，再点头，再微笑。

会客室里放着一圈大沙发，这场面照例只适合领导接见，不便于大家聊天。沙发太大，人和人隔得太远，说话要扯开嗓子喊，这会显得很无礼。奈保尔十分孤单地被搁在中央，依然坐在轮椅上，也没办法跟别人说话。记者们噼里啪啦照相，不断有人上前合影，我无心这样的热闹，远远地用手机拍了几张头像，不是很清晰，只觉得他有点不耐烦，有点无奈，有点忧郁。

接下来与读者见面，对话，然后晚宴。印象最深的是提问环节，问是否接触过中国文学，他很坦白地说没有，问是否和中国作家打过交道，答案还是没有。回答很干脆，直截了当。晚宴上，我过去给他敬酒，他很吃力地听翻译介绍，很吃力地举杯，看着杯子里的红酒，轻轻地抿了一口。

奈保尔签名很认真，字不大，布局很好，写在非常适合的位置上，浑然一体，仿佛印在书上一样。我带了四本书，每一本都写了，看到他那么吃力，真有些于心不忍。

二〇一四年八月十二日　上海

马丁·莫泽巴赫

马丁·莫泽巴赫是一位德国作家，要比法国作家阿苏里大两岁，他的名字有些难记，我很努力地想记住，一不留神就忘。原因当然是自己老糊涂，人老了，记忆力不行。也因为莫泽巴赫的名气不够大，起码在中国的名声还不够响亮。我们介绍他时喜欢说，这个作家在德国很有名，像谁一样，与谁齐名，得过那什么奖，譬如德国文学的最高奖毕希纳奖。所有这些介绍都很高大上，很空洞很无力，没用，说了跟没说一样。

作家要靠作品说话，只有看过他的小说，为他的文字所打动，为他小说中的人物神魂颠倒，这才算真正地知道这个作家。我曾经傻乎乎地想过，如果马丁·莫泽巴赫这几个字简译成马丁或巴赫就好了，简单了容易记。当然是想当然，中国读者都知道歌德，为什么呢，因为教科书上有，学生考试时用得着。还有就是歌德的书货真价实地畅销过，虽然没有确切的印数记录，保守估计应该也不会少于一百万。日本学者做过调查，他们一共有过四十五种关于《少年维特之烦恼》的译本，中国究竟有多少种呢，好像还没人做过统计，可以肯定的是，这个数量一定非常惊人。

与同时代许多德国作家相比，莫泽巴赫应该算是很幸运。也许我们会更熟悉那个写《铁皮鼓》的君特·格拉斯，还有那个写《朗读者》的家伙，很抱歉，我已经忘了他的名字。说白了，全世界的写作者和阅读者恐怕都得感谢好莱坞，感谢奥斯卡奖，电影成了最好的媒介，因为电影，因为美国佬拍了产生影响的电影，我们开始知道很多本来并不知道的外国作家。莫泽巴赫不在此列，据说他也玩过电影剧本，也就是玩玩而已，他的书能够进入中国，和电影毫无关系。

我曾经跟莫泽巴赫先生说起过《朗读者》，这本书因为电影正在中国走红。当时只是随口问了一句，考虑到双方语言不通，对彼此作品事实上都不熟悉，我们的对话难免敷衍，难免硬着头皮找话说。莫泽巴赫的反应让我吃惊，他明确表示自己与那个写《朗读者》的家伙根本不是一类作家，他们的风格，他们的文学趣味，完全是两回事。语气中颇有些不屑，记得翻译小姐用到了流行文学、通俗作家这样的字眼，我不知道这是不是莫泽巴赫的本意，有没有误译在里面，通常情况下，一个作家没必要去这么说另一个同行。

其实我很想与莫泽巴赫谈谈“朗读”这个词，在我的印象中，德国人非常喜欢朗读，朗读是他们文学活动中一个重要的保留节目。我在德国的哥廷根待过一个月，他们搞文学活动，用中文和德文朗读我的作品，不仅贴出很招摇的海报，而且还公开售票。日耳曼人永远都是那么认真，男士穿西装，女士是长裙，正襟危坐，非常当回事。所有这一切，都让我这个随便惯了的俗人感到无所适从。“朗读”是一种很好的姿态，表明了德国人对文学的尊重，除了在德国本土，在世界各地都这样。有一年北京国际书展，德国人运来了一种非常高端的用于朗读文学作品的小木屋，配备了最好的音响设备，大家必须戴上耳机聆听。我的长篇小说《驰向黑夜的女人》就曾经写到过这个场景，那是我的亲身经历，它充分体现了德国人办事的一丝不苟。

今年的八月下旬，莫泽巴赫又要到中国来了，要为自己的新书《此前发生的事》做一系列推广活动。看了一下他的行程安排：八月二十二日，在北京798前沿艺术展演中心和余华进行对话；八月二十四日去云南昆明的大象书店；八月二十六日去四川成都的老书虫书店和方所书店，进行所谓的“朗读与讨论”；八月二十八日，去上海的同济大学，与马海默和黄燎宇对谈“文学与文学翻译”。最后才是南京，预告已经在网上发布：

叶兆言对话马丁·莫泽巴赫

时间：2015年8月30日，19：30

地点：南京先锋书店

我与莫泽巴赫见过一次面，为了这次对话活动，曾反复与中间人核实。因为自己十分困惑，记不清他的名字，不知道这个莫泽巴赫，是否就是当年来过我家的那位德国作家。安排这次活动的小姐也弄不明白，感觉是，又不敢肯定。她问过很多人，铁打的营盘流水的兵，当年的工作人员不是调走，就是不知所踪，反正这事一度让我们悬而未决。后来终于查到档案，见到了原始文字记录，二〇〇九年五月二十六日那天，莫泽巴赫确实到过南京，确实到过我家，在我家喝过茶，聊过天。为此真应该感到惭愧，只能怪自己记性太差。

无法想象在即将到来的对话中，我跟莫泽巴赫会说些什么。

六年前在我家，因为语言障碍，好像也没说什么，我们的交流谈不上有多成功。事实上，任何一个话题都不可能深入。一方面，翻译会不断打乱我们各自的思路，另一方面，有些词，有些事，有些文学现象，三言两语根本翻译不了。翻译小姐很年轻，很天真，气氛非常友好。说起来，我们都是作家，都写小说，可是莫泽巴赫没看过我的作品，我对他也一无所知，因此聊的更多的好像还是日常生活。

我们的见面只是一种缘分，他来到了我所在的这个城市，顺便造访了一位作家同行。往文雅里说是一次文化交流，往通俗里说只是一次例行公事。写作从来就是一件很孤单的事情，作家永远是在孤军奋战，永远处在不能被人理解的尴尬中，从这么一个角度看，文人相轻不是没有理由。然而换句话说，换一个角度思考，既然大家都是写作者，都是编故事的人，我们也就难免是同志，难免是战友，完全可以有精神上的相通。文人可以相轻，成为冤家对头，当然更可以惺惺相惜，相濡以沫。

为了即将到来的对话，我开始阅读莫泽巴赫，在网上搜索他的资料，并且很认真地读了尚未出版的《此前发生的事》的电子稿。通读一部长篇小说的电子文本，对我这个老眼昏花的人来说，也不是一件很容易的事。好在阅读可以改变一个人的无知状态，很显然，现在我对莫泽巴赫的了解，要远远多于他对我的了解。随口便可以说出几个相似的地方，譬如我们从小都没想到长大后会成为作家，莫泽巴赫出身于一个知识分子家庭，他的父亲热爱文学，喜欢古典诗歌，但是在为儿子未来的设计上，并没有作家这个选项。

媒体提到莫泽巴赫的文学风格，往往喜欢强调他的传统和古典，大家都知道，评判一位作家，古典和传统是把模棱两可的双刃剑，它可以得出完全不一样的结论，既可以是褒义，也可以是贬义，这恰恰也是我在评论界所面临的窘境。我们还有一个共同之处，都是简单或者说粗暴地被定性为某个城市的地域型作家，莫泽巴赫写来写去都是德国的法兰克福，我的小说总是离开不了南京的秦淮河，尽管事实并不完全是这样，但是我们就这样被概括被认定，有口莫辩。

《此前发生的事》很有趣，更有趣的，当然还是貌似古典实则现代的叙述方式，说了许多故事之外的故事。德国媒体对这本书评价很高，《法兰克福汇报》以激动的语气称赞，“真正的大师之作，马丁·莫泽巴赫的小说不仅是德国目前最佳作品之一，也是德国现代文学作品中的佼佼者”，《南德意志报》的评论是“一部反映二十一世纪早期社会生活的精彩小说”，《图书交易信息专栏》说它“精彩描写了人类为超越自然所做的努力”，《汉堡晚报》的评价很干脆很简单，直截了当地说“这本书的出版是一大幸事”。

获得德国最高文学奖后，莫泽巴赫曾告诉媒体，“比他强的人有的是”。听上去非常谦虚，然而我总觉得，这种表面的客套和低调背后，显然还隐藏着更大的野心，就是他相信自己还有实力，还有可能做得更好。得奖特别是得大奖，从来都是一种运气，图书热销，各式各样的好评，同样可能是运气。一个伏案埋头的写作者，为宣传自己的书，不远万里来到中国，在陌生的语言环境中奔波，吃辛吃苦，这么做也很不容易。在图书市场普遍不被看好的中国大陆，很难预料莫泽巴赫会遭遇到什么，作为一个写作同行，作为一个怕热闹的人，我衷心祝愿他的新书能有不错的市场回报。休言万般皆是命，事在人为，莫泽巴赫在德国能火，为什么在中国就不能火呢。

最后还想说件往事，六年前莫泽巴赫来做客，临走时将一条淡绿色长围巾遗忘在我家。他的女翻译很快打电话过来，说莫泽巴赫很在意这条围巾，这是他太太送的礼物，是爱情的见证，对他来说很重要，希望我能用快递将它寄往上海。当天晚上，莫泽巴赫还留住在南京，我说要不要给你们送过来，女翻译连声说用不着，路途太远，没必要送，只要快递寄上海就行，现在的快递很方便，晚上她要去见女同学，否则也可以辛苦过来一趟。电话挂了，正巧我太太下班回来，说起此事，总觉得不能太相信快递，万一真弄丢了怎么办。既然人家莫泽巴赫如此在乎，慎重起见，还是送一下为好，结果是我太太开车去城市另一头的东郊酒店，将围巾亲手交给了那位年轻女翻译。

之所以要说这事，是我太太觉得莫泽巴赫太太很有眼光，那条围巾确实漂亮，色彩奇妙，很有些中国水墨画的意蕴。当然也因为莫泽巴赫把爱情信物看得很重，仅仅从这小细节看，他无疑就是个重情义的好男人。

二〇一五年八月八日　河西

皮埃尔·阿苏里

皮埃尔·阿苏里是名法国作家，生于一九五三年，别人向我介绍时，特别喜欢强调他的龚古尔文学奖评委身份。现如今介绍一位牛人，常会郑重其事地说这人参加过央视《百家讲坛》，担任过某某大奖评委，我不明白为什么会突然流行这个。阿苏里先生写了很多作品，在法兰西也算是响当当的人物，不拿他的作品说事，只说一个龚古尔奖评委，实在说不过去。向我是这么介绍的，对其他人也一样，好像这头衔非常了不得，害得阿苏里很不乐意，面露尴尬之色。老实说，我也不是太高兴，对于一个没得过鲁奖茅奖的中国作家来说，法语的龚古尔与我没一毛钱关系，你跟我强调这个干什么。

我觉得最让人尴尬的一幕，是与阿苏里对话时，他让我代表南京人民表态，说这个城市的居民是不是特别仇恨日本人。一时间，真不知道应该怎么回答才好。首先作为个人，我怎么可以代表一个城市的老百姓。其次，中日关系有着非常复杂的背景，三言两语说不清楚，这话题，对那些自以为对这段历史有所了解的中国人都说不清楚，对一个外国人如何能够说明白。阿苏里的强项是历史，他是法国目前最好的传记文学作家，因此，我只能说些细枝末节，譬如自己如何逐渐接触到了南京大屠杀的历史真相。

我出生在一九五七年，这时候，离那场血腥大屠杀已经二十年了，事实上，又过了二十多年，直到上世纪八十年代初，才第一次听说这件事。历史真相在此前好像没存在过，如此重大的事件，被尘封在档案馆里，隐藏在老人的记忆中。我们的父辈居然没有告诉他们的孩子，真实的抗日战争是怎么一回事。历史遭到了戏弄，我们这一代人心目中的日本鬼子形象，完全被漫画化了。大家都是通过《地道战》和《地雷战》这些影片认识抗日战争，小鬼子跟卡通漫画中的形象差不多，是一群坏蛋，可恶，愚蠢，一点都不让人感到害怕。

一九三七年的南京有一个客观真相，毫无疑问，很多中国人死于大屠杀。我们今天谈论它，最重要的应该是什么呢，关键还是真相，就是尽可能地接近历史，还原当年的真实场景。同时还必须自责，为什么差不多四十多年的时间，真相被屏蔽了。因此，今天说起中日关系，无论是谁，掩盖真相都是不对的。一九三七年的南京大屠杀是人类历史上的一场灾难，是文明世界的耻辱，我们了解和接近灾难真相，与复仇无关，事实上，只是为了“中日永不再战”。没有什么比和平更重要，抗战胜利后，南京五台山山坡上，侵华日军参照靖国神社修建的神社被改造成中国政府的“战利品陈列馆”，看当时照片上的题字，其中有一段特别让人感慨：

聚三岛铁，筑荒唐梦。

浩浩烟波，难忘此痛。

这就是中国人的真实感情，这就是南京人的真实想法。死者长已矣，生者常戚戚，掩盖真相，宣扬仇恨，这些简单粗暴的方式都是不对的，不应该的。记得多年前有一位日本记者，他也问过和阿苏里一样的问题，问我南京人是不是永远都不会原谅日本人，我也同样觉得难以回答，有些罪行是无法原谅的，有些罪行永远都不可能被原谅。我们要做的，就是牢记真实的历史，就是如何避免悲剧的重演。

好在我和阿苏里没在中日关系这话题上过多纠缠，我们谈起了各自的生活，他形容自己“时而散步，经常游泳，写了太多文字，时时处处都在阅读”，我听了忍不住要笑，因为这一点我们几乎完全相似。看来世界上有很多作家都差不多，重点是写了“太多”，散步，游泳，阅读，所有这一切，好像都是为了多写些文字。相同的工作方式，产生了相同的结果，我们都出了很多书，都可以被称为著作等身。作为一名作家，阿苏里不仅是龚古尔奖评委，还是各种文学奖获得者，也就是所谓的得奖专业户。作为传记文学作家，他更像中国读者熟悉的两位前辈法国作家罗曼·罗兰和莫洛亚，只不过笔下的传主，不再局限于作家和艺术家。迄今为止，阿苏里已为不同领域的十位名家著书立传，有出版大亨，有富可敌国的艺术品收藏家，有最牛气的大记者，有最高产的侦探小说家，有最有名的摄影家。

人的精力看来可以无限放大，很多年前，与台湾作家张大春聊天，他告诉我每天要到电台去做四个小时节目，我无法形容听到这话时的吃惊。阿苏里除了写人物传记，还是个有影响力的专栏作家，他的博客很受读者欢迎，作为导演拍过三部纪录片，担任过《读书》杂志的主编，同时又是巴黎政治学院的老师，这个学校被称为法国政界第一大摇篮，自一九九七年开始，他一直在那里任教。非常佩服写作之外还能干些别的什么的作家，难怪中国的专业作家制度经常遭人诟病，我们养了很多专业作家，譬如像我这样的，除了在家埋头写作，其他活儿基本上都干不了。

我曾经是个非常不错的工人，有很强的动手能力，现在却越来越怕自己动手。常常会想，如果再发生“文革”，不让写作了，我还能干点什么。人老眼花，免不了产生一种莫名其妙的悲哀和担心。前不久，一位大学同学被抓起来，因为贪腐。就在前天，一位小学同学也被抓起来，同样因为贪腐。此一时彼一时，“眼看他起朱楼，眼看他宴宾客，眼看他楼塌了”，作为一名小说家，一个与权力没关系的人，我很庆幸可以远离那些诱惑，同时又为曾经熟悉的那些人感慨。早知今日何必当初，人生无常，为什么这样呢，好像很容易想明白，好像又想不太明白。

与阿苏里谈得最多的还是读书，我跟他谈到了莫洛亚，谈到了罗曼·罗兰，谈到了这两个作家对自己的影响。我告诉他，刚开始学习写作，我父亲非常希望儿子以他们为样板。在我们家藏书中，最多的是俄国作家，法国作家排在第二位，有满满一橱法国书。法国的好作家太多了，一时间都不知道应该恭维哪一位才好。阿苏里也为自己国度的优秀文学感到骄傲，我们说起了当下全球化的不阅读现象，我说中国人最喜欢号召读书，往往又是那些自己不怎么读书，或者是书还没读通的人在号召，阅读本是件快乐的事，一旦成为号召，需要鼓励，说明大家已经不怎么读书了。

阿苏里不得不承认法国人其实也不怎么读书了，中国人宣传的法国人在地铁上读名著，俄国人在草地上读诗集，更多的只是美好想象，谁都知道事实上并不是这样。中国人走出国门已经很常见，他们的眼睛一定会发现，那些诗意场面并不存在。很多事是我们觉得它那样，事实早已不是那样。我一直认为读书未必是人生最重要的事，或者说完全用不到把它想象得那么重要。对于文明人来说，阅读是自然而然的，是天生的，根本用不着引以为豪。不读书不好，书读多了，很可能也会把人读傻。

如今一说起阅读，离开不了互联网。我和阿苏里都承认会在网上花很多时间，不过他却有些古典，竟然告诉我们，手机里下载的是普鲁斯特的《追忆逝水年华》。我听了很吃惊，这样的大部头都能在手机上看，真有些法国人的浪漫。与他一起的法国朋友非常好奇一个中国作家会在网上读什么，我告诉他们，自己读得最多的还是朋友间互相转的那些文字，有些文章纸媒上读不到，网络的好处是几乎没有读不到的东西。

与外国作家对话，最遗憾的是语言不通，还有就是不了解彼此的作品。这是无法继续深入的重要原因，除了泛泛的文字介绍，知道头上的各种光环，我对他的作品全无印象。法国人翻译出版了我的三部长篇小说，其中有一本就是伽利玛出版社所出，阿苏里写过这个出版社老板的大部头传记，很显然，他跟我一样，对对方的作品也是一无所知。中国作家在国外的影响非常有限，知道一些皮毛的都是所谓汉学家，他们要靠这个在国外混饭吃。去年八月间，奈保尔来中国，我印象最深的，除了他的疲惫，就是回答主持人提问，问有没有中国作家朋友，很干脆地说没有，又问有没有读过中国作家作品，回答依然很干脆，还是没有。

吃晚饭时，阿苏里和他的法国朋友跟我聊起莫言，说起了一些花边新闻，他们表情很丰富，说到最后，阿苏里很认真地说，他并没有看过莫言的作品，他的朋友应该也没有，现在，既然这个中国人已经得了诺贝尔文学奖，他很想知道我的看法。

二〇一五年八月十六日　南山

外国文学这个月亮

作为一个中国作家，我能有今天，琢磨缘由，毫无疑问是外国文学催化的结果。可惜我只能看翻译作品，这始终是心里不大不小的一个疙瘩，因为无法享受阅读原文，感觉不了原汁原味，想到就沮丧，就垂头丧气。有人说起我的作品，认为中国文学的传统马马虎虎还说得过去，但他们不知道连这点可怜的传统，其实也是从翻译的外国文学那里获得的。看来，我注定只能是个把玩二手货的家伙，王小波曾对王道乾的译本表示了极大敬意，我心目中也有一批这样的优秀译者，譬如说，在下学习写作的最好语言读本，一度就是傅雷先生翻译的巴尔扎克的作品。

很多年前，《译林》杂志搞庆典，要求谈谈与它有关的话题，我胡乱地说了几句，标题就是“外国文学这个月亮”。限于字数，很多话没有说清楚，因此今天不妨再多说几句。喜欢阅读外国文学的朋友，都会有这样的感叹，且不说人家的好东西，不说那些高雅的精英文化，不说那些阳春和白雪，就算是畅销作品流行小说，就算是那些通俗的下里巴人大众文化，也比我们的国产货强得多。“外国的月亮圆”通常是一句骂人话，有洋奴之嫌，有不爱国之疑，可是，我是说可是，外国文学这个月亮，它确实要比中国的圆。

长期以来，我一直是《译林》的读者，喜欢翻阅这本刊物。朋友们在一起聊天，谈到一个奇怪现象，这就是同样属于通俗文学作品，外国的中国的也有着截然不同的品格。中国的通俗文学，常常恶俗不堪，外国的通俗文学，却时时可以带来阅读的惊喜。崇洋媚外是一种要不得的情绪，不过，是人就难免喜欢好东西，所谓见贤思齐，这又是一件没办法的事情。很显然，外国的通俗文学和大众文化中，也存在大量垃圾。不由得想到曾经的中国足球教练米卢“态度就是一切”的名言，这或许是最直截了当的解释。我想大家见到的外国流行文学，许多都是已经被过滤和筛选的文字，既然不能品尝原汁原味，我们只能被动地坐在餐桌前，只能无奈地把选择权交出去。应该好好感谢那些从事文学翻译的译者，感谢那些专门发表外国文学作品的刊物，是他们和它们帮读者节省了时间，提高了效率。还是回到“态度就是一切”那句话，通俗文学和畅销小说并不意味着格调低下，关键是以什么样的态度去对待。在阅读过程中，我们看到了许多精彩的小说，这种精彩是因为别人付出巨大的劳动。换句话说，有一批很认真的外国文学工作者，兢兢业业披沙拣金，并不是说外国的通俗文学就一定好，外国的月亮就一定圆，我们之所以会产生错觉，仅仅是因为译者和编者的眼光独到。

我们恰恰因为别人的态度端正而坐享其成，研究外国文学的学者专家告诫我们，优秀作品总是占少数，或者说是极少数。在过去的这些年，我偶尔也会非常认真地关注一些国外的流行小说，譬如《廊桥之梦》，譬如《挪威的森林》，譬如《朗读者》。流行不一定是坏事，有阅读经验的人都明白，有发行量的未必是好书，但真正的好书最终还是会有发行量。任何一本世界名著都一定是流行读物，只不过在时间上可能有些错位。没有流行的支撑，所谓的名著都不会靠谱，我们说到某某世界著名作家，说到诺贝尔文学奖，说到龚古尔奖，说到布克奖，其实已经在向流行举手致敬。我们说到卡夫卡，说到乔伊斯，说到胡安·鲁尔福，说到雷蒙德·卡佛，说到他们写作经历中的种种不幸和寂寞，不过是在赞赏另外一种晚点到达的辉煌，因为这些不幸遭遇，只是一种流行迟到的铺垫，只是文学后生们的励志话题。

关于外国文学，我已经写过很多文字，在当代的中国小说家中，恐怕已是这方面文章写得最多的人之一。我实在太老实了，唠唠叨叨地说了许多，把自己向洋人学习的经历老老实实地都交代出来。古老一点的作家，像莎士比亚，像塞万提斯，像歌德，稍稍晚一点的巴尔扎克、雨果、陀思妥耶夫斯基、托尔斯泰、高尔基，再近一些的美国作家和欧洲作家，我都写过篇幅不短的文字，因此想在这些话题之外，再说出些什么新鲜玩意真不容易。一说到外国作家，我就有些卖弄，可以轻而易举地开出一大串名单出来。有一年在贵州的一家宾馆，和作家韩少功、何立伟、方方一起聊天，大家说起看过的外国小说，都感到很吃惊。仿佛革命党人回忆地下工作往事，我们发现在过去的岁月，在这方面的阅读量真是惊人，原来我们都是喝外国文学的奶长大的。

记得刚上大学的时候，老师给我们这些新生开过一张中文系学生必读书单，上面罗列的文学作品中，中国古典作品我有许多还没读过，要求阅读的外国文学部分，差不多全知道，我读过的起码要比这份书单多上十倍。很显然，以后的中国作家，恐怕再也不会有我们这代人的奇特经历，在你的青少年时期，你不用面临高考，根本就不需要文凭，你有着大把大把的空闲时间，没有电脑，没有手机，也没有电视，阅读小说就像偷偷地与情人相会一样快乐。同样的话我已经说过无数次，在今天，阅读文学作品常被当作汲取营养，是中文系学生的基本要求，是文化人装点门面的普遍素质，你做好了准备要当作家，要混文凭写论文，而在过去的年代，我们疯狂阅读，仅仅是因为无聊，因为没事可做。无聊才读书，我读外国小说最多的年头，不是上大学读本科读研究生，不是开始写小说准备当作家，而是在上大学前，说起来荒唐，还真得感谢“文革”十年，都说这十年是文化的沙漠，是最黑暗的年月，我却有幸而且很从容地在很多时间里，躲进外国文学这个绿洲。

德国人顾彬说起中国当代作家，口气十分不屑，他说他们不懂外语。言下之意是中国作家就算是看过几本外国小说，也都是靠别人的翻译，二手货作不了数，不可能领略到欧洲文学的精华。这番话一针见血，戳到了中国作家的痛处和软肋。根据这个标准，中国现代文学作家中的大师，譬如鲁迅，譬如巴金，譬如茅盾，他们创造的成绩必然是文学后生不可能逾越的，因为我们不能像他们一样阅读外国小说的原文。顾彬的观点在中国很有市场，虽然理直气壮，可惜似通非通，隔膜得厉害，难免有蒙人之嫌。首先，我们的文学前辈外语水平本身就十分可疑，能翻译可以阅读距离精通之间，还有着相当遥远的路程。其次，对外国文学的了解程度，与是不是一个好作家，根本没有必然的联系。如果仅仅是说了解，说句不太客气的话，我肯定比几位大师了解得多。

德国的歌德和美国的庞德都号称中国通，都喜欢卖弄他们的中国文学知识，事实却是，他们的了解几乎为零，所谓的东方神秘元素完全莫名其妙。从世界文学的大格局看，作为发展中国家的中国作家，对外国文学的了解，远比他们的国外同行知道得多。在中外文学交流上，始终存在不对等，一个外国作家对中国文学毫无了解理所当然，一个中国作家，他要是说自己不看外国小说，没有受到过外国文学的影响，那一定是在骗人。我们都生活在外国文学的阴影下，外国文学这个月亮不一定真的大，可是它始终挂在中国作家的心中，始终在中国文学的天空上闪耀。

德国的哥廷根大学十分有名，诗人海涅、童话作家格林兄弟、一九〇七年的诺贝尔文学奖得主鲁道尔夫·欧肯，就是这个学校的学生。据说君特·格拉斯与哥廷根大学也有相当深的关系，有材料上说他出自这所大学，有的介绍又说不是，结论到底如何，至今弄不明白，然而在哥廷根街头，确实耸立着他的雕塑。我有幸在这座美丽的大学城待过一个月，和那里的大学老师以及当地作家们多次聊天，出乎他们意料，一个来自中国的作家，完全可以与他们侃侃而谈欧洲文学。他们吃惊我居然还知道一位叫茨威格的德国作家，因为这个人很多德国民众都已经不知道了。

我说起了茨威格小说中的一个场景，有一段文字非常精彩，作者通过赌场上一系列手的动作描写，男主角的形象跃然纸上，入木三分。我父亲和祖父都曾对我说起过这个细节，它确实很出彩，有着很高超的技术含量，对学习写作者非常有帮助。德国的同行们惊呆了，他们想不明白，为什么茨威格这样一个在他们看来并不太重要的犹太作家，会在遥远的中国有那么大影响。我告诉德国同行，在作为中国人的我看来，茨威格的影响还不只是他的小说，小说之外的东西有时候会更重要。事实上，我更在乎他对死亡的选择，这是一个非常值得思考的问题，为什么一个已经从纳粹魔爪下逃脱的犹太作家，最后要选择以自杀的方式告别人世呢。

在中国作家眼里，名著都有一种神圣的意味。很少会有一位中国作家像托尔斯泰那样猛烈地抨击莎士比亚，在世界名著面前，中国作家不仅保持了足够的虚心，而且显得非常世故。名著就是名著，尤其是外国文学名著，不能顶礼膜拜，就得敬而远之。我告诉德国同行，歌德小说在中国的影响远比想象的还要大，我告诉他们曾经有过多少种译本，有过多么大的发行量，这些都是我在出国前做过的功课。歌德作品译本之多和发行量之巨大，曾经让我目瞪口呆，现在，把这些数字说给德国人听的时候，他们也只能和我一样地惊呆了。仅仅在上世纪八十年代，《少年维特之烦恼》就在中国印了一百多万册，前后译本不下二十种。

外国文学始终是中国作家心目中的高山，前辈作家就是这么教育我们，我们也忍不住用同样的语调告诉后来的作家。世界文学是所有学习写作者的共同财富，有着取之不尽的营养，俗话说取法乎上，优秀的外国文学就是最好的榜样。具体地说起外国文学对我的影响，不外乎名著和禁书。当然，这里说的名著和禁书并不对立，它们很可能就是同一种东西，只是在不同历史时段，有着不同的名称。在“文化大革命”中，几乎所有的名著都是毒草，因此它们差不多也都是禁书。不过这些毒草很快就悄悄地开禁了，人类社会经常会是这样，官方有一种标准，民间另外又会有一种标准。“文化大革命”从来就不是铁板一块，除了那些最激烈的年头，也就是“文革”刚开始那几年，外国的古典文学名著一直处于一种可以阅读的状态，市场上买不到，公共图书馆也不复存在，可是你一旦真正有机会获得，能够静下心来阅读，通常都会被认为是一种有上进心的表现。那年头，虽然大家都知道读书无用，爱好文学仍然不失为一种优雅，仍然会被大家在心中暗暗推崇。有人说“文化大革命”中，人们都是不读书的，我一直以为这个观点不准确。大家只是获得世界文学名著的机会没有今天这么多，这么容易，如果真要讲起阅读热情，讲起阅读的专注度，绝对会超过今天。那年头可供分心的娱乐活动实在太少了，譬如“文革”后期，我正在读高中，大仲马的《基督山伯爵》因为江青推崇，很多人都以能读到这本书为荣，因为看不到，我不得不一次次地为读过这本书的堂哥买香烟，以此作为交换条件，让他给我复述那些惊心动魄的故事。

在我的青少年时代，卖弄自己阅读的世界文学名著，是摆脱自卑的一剂良药。我自小性格内向，不善言辞，常常被别人欺负，世界文学名著对我来说，既是一种情感上的寄托，同时也是可供吹嘘的资本。有人曾经问过我，今天的文学环境和“文化大革命”后期相比，哪一个更好一些。答案似乎是肯定，当然应该是改革开放以后的岁月更占上风。不过也可能还会有些意外，以最流行的电视婚配节目《非诚勿扰》为例，想当年，男生女生介绍自己，常以热爱文学为时髦，就算是一个没看过几本书的人，也喜欢用文学的羽毛来装饰自己。在那个思想贫瘠的年代，文学可以用来泡妞，能够打动姑娘的芳心，然而在各种文化活跃的今天，文学的神圣光环早已不复存在。这样的镜头大家肯定已经熟悉了，男嘉宾们红着脸说起自己喜欢文学，或者业余还写几首诗，立刻导致征婚女嘉宾一片声地灭灯。文学正在变得很惨，已不能够再用来炫耀，用来博得女性好感，而且很显然，在以后相当长的时期内大家还将不得不面对。

自五四以后，崇洋媚外一词从来就没有真正地伤及外国文学，不同时期，大家在读不一样的外国文学作品。大多数情况下，都是在读那些已经有了定评的世界文学名著，这是最保险的一种投资，不管怎么说，阅读名著总归不会有太大的错误。名著自有名著的道理，名著构成了文学史，形成了传统，统治了我们的阅读经验。主动也好，被动也好，外国文学名著就像大家呼吸的空气一样笼罩，事实上我们已经不可能再离开它。因此非常值得一提的倒是流行，不同时期的流行文化，它们是我们阅读活动中很重要的一个部分。毫无疑问，流行文化的影响，畅销书的魅力，一点也不比那些早已经成为传统的外国文学名著差。

说一句最坦率的话，无论文学时髦还是不时髦，大家都会忍不住操一份谁才是当今世界上最火作家的闲心。我们喜欢海明威，喜欢雷马克，喜欢马尔克斯，都是因为他们是当时最火爆的流行作家。印象中，对诺贝尔文学奖获得者的追捧是上世纪八十年代以后，在此之前，中国作家并不是太把这个文学最高奖项当回事。回顾历史，年轻人的阅读或多或少地要受前辈人影响，我们注意到，现代文学的经典作家对诺贝尔文学奖的关注度，远不及东欧弱小民族。也许是这个文学奖有过多的欧洲元素，在一开始，它只关心欧洲的主流文学，带一点皇家威严，还有点资本主义色彩，反正不太适合中国的国情。中国文学似乎注定离开不了思想，注定要被不同的政治左右，我们向西方学习，更多的是为了盗得火种，“窃火”这个词一度非常流行。所谓文学，无论写实还是浪漫，不过是为了实用，为了人生，为了反封建，为了劳苦大众，为了反对包办婚姻，为了治病救人改变国民性。

真相常常会让人感到尴尬，中国文学界的流行文学，很长时间里都是跟着日本人走的。道理很简单，在学习先进的西方方面，日本总是先我们一步。留日学生的趣味不断地改变中国文学爱好者的口味，因为鲁迅，因为郭沫若、郁达夫等的创造社，以及后来的夏衍和周扬，中国的主流文学出现了一个又一个的重要时期，出现了五四文学，出现了大革命前后的革命文学，出现了三十年代的左翼文学，他们的主将都是留日学生。这种显而易见的文学影响直到抗战结束后才宣告结束，一九四六年，德国作家雷马克的作品走红世界文坛，他的《凯旋门》德文原著发行前，英译本先行在美国出版。据说当时的销量就达到两百多万，而它的中文本几乎也是同时推出的，遥远的美国报纸还在连载，朱雯先生的译文已出现在连载专栏上。这个文学上的同步非常耐人寻味，事实上，很少有人注意到这个现象，这就是随着现代文学作家的逐渐成熟，文学越来越精英化，也变得越来越小众，流行很快就会变成小圈子里的事。

我记得在这本书的翻译后记中，朱雯先生曾提到了三件事。一是告诉大家，此书目前在西方影响巨大，很火，它的水准上乘，在行家的眼里评价极高。二是在中国的反响很平常，连载了两个月便腰斩。三是在翻译过程中，曾得到巴金和钱钟书先生的帮助。在上世纪八十年代，我一直想不明白这件事，为什么那么多外国文学名著可以重复出版，而自己一度非常喜欢的《凯旋门》却还没有获得再版机会。后来终于有了再版本，已经是九十年代，“文革”后的文学热已经降温，朱先生对这本书进行了重新修订，在再版后记上，没有提到当年的腰斩，也没有提及钱钟书。

这是为什么呢，很多作家其实也受过雷马克的影响，譬如北岛，然而这种影响显然形成不了什么气候。时至今日，重新回忆这种影响仍然十分有必要，因为它代表着一种逝去的文学记忆，展现了中国现代文学的一种发展轨迹。自五四以来，中国文学一直在追随外国文学的步伐，亦步亦趋苦苦追赶，终于在抗战胜利后，有了一点点与世界文学同步的迹象。这时候，文学开始变得多元化，变得小众，变得更文学，再热闹的流行也是转瞬即逝，这一点倒是和当下很相似。文学的时髦仅仅只是时髦，它已经没有什么太大的社会作用，或者换句话说，文学只是当时文学爱好者的事，只是在小圈子里自娱自乐地被大家欣赏，而不是拿来实用，读者已不再过多考虑它有什么社会意义。

回忆阅读历史，回想那些看过的外国小说，不同的文学时代，注定会有不同的文学阅读，而不同的文学阅读，又注定会造成不同的文学时代。一九四九年以后外国文学对中国的影响发生了巨大扭曲，一方面，它继承了前辈对诺贝尔文学奖的一贯轻视，继承了重视弱小民族、发展中国家文学的传统，另一方面，又把苏联文学演绎成为一种新的时髦，造就了一段不可理喻的新神话。譬如朱雯先生就翻译了阿·托尔斯泰的《苦难的历程》，同一个译者，同样是英文转译，仅仅从版本上就可以看出雷马克和阿·托尔斯泰的不同待遇，《凯旋门》厚厚的像块砖头，装帧简陋，而《苦难的历程》则是极度漂亮和考究的精装本。比较朱雯先生上世纪四十年代和五十年代不同时期的译本，不仅有助于我们了解文学的不同时代，也可以看到外国文学这个月亮不一样的光谱。

外国文学这个月亮确实很大很圆很亮，它高高挂在文学的天空上，仔细回想我受到的影响，除了名著经典，最直接的恐怕还应该是外国文学中的那些禁书。一九四九年以后，苏联文学统治文坛，成了真正的“老大哥”，整个五十年代都是这样。这种特殊的不正常的文学现象，造成了一种逆反心理，我那位喜欢藏书的父亲就一直在悄悄地收集非主流文学。当时有一种内部发行的图书，后面印有“供批判”字样，俗称“黄皮书”，装帧简单到只剩下书名和黄色的封面，譬如爱伦堡的《解冻》和《人·岁月·生活》，譬如萨特的《厌恶及其他》，譬如加缪的《局外人》，还有《麦田里的守望者》《愤怒的回顾》《带星星的火车票》等。越是不让看就越想看，我是违禁之物的直接受益者，它们在我身上的影响，丝毫也不亚于那些早已成为经典的外国文学名著。这些书籍曾是我最好的精神食粮，当然，必须要强调一下，影响最大的一套书是《人·岁月·生活》，厚厚六大本，它们断断续续地提到一大堆当代作家，对我来说都是活生生可以效仿的对象。

说白了，雷马克的《凯旋门》也好，后来供批判用的内部读物“黄皮书”也好，在我身上能够产生不小影响，都和它们是小众阅读有关。有时候，你会自投罗网，心甘情愿身受其害。这是另外一种赶时髦，基于希望与大众阅读不太一样作品的心态，人永远都是矛盾的，对于外国文学这个月亮，你总是若即若离，想着要走近一些，看清楚一些，结果便可能一不小心就走远了。因此对于浩瀚的外国文学，我们应该饮水思源，始终保持一份感激之心。转益多师无别语，既要坚定不移地向外国古典文学名著致敬，同时也不能忘记活着的当代，要随时留心当下世界文学的最新成果。当然，要关心最流行最畅销的，也要照顾到被冷落被忽视的，换句话说，我们始终要有一个开放的心胸。

二〇一三年二月十九日　河西

辑二 * 诚知此恨人人有

辛亥革命时的南京

一

一九一一年的十月十日不同寻常，对于绝大多数南京人来说，这一天并没有太大不同。寒露刚过，秋天已有了模样，正是江南最好季节。由于发明了电报，武昌起义的消息很快就传过来了，这个城市显然习惯了平静，感觉是迟钝的，无关紧要，好像千里之外的枪声，与自己没什么直接关系。

太平天国一点都不太平，曾给南京带来了巨大的伤痛，接下来许多年，这个城市一直在静静疗伤。长毛早已灰飞烟灭，湘军和淮军的影响却仿佛还在，在这做官的不是湖南人，就是安徽人。驻扎在城内的军队大约有两万五千人，其中倾向革命的新军有五千人，保守的旧军有旗兵和绿营两万人。老百姓对动乱充满了恐惧，对战争非常厌倦，最好的选择就是什么事也别发生，最好的生存状态就是太太平平。戊戌变法，义和团运动，边远省份由同盟会领导的一次又一次暴动，四川的保路运动，过去发生的一系列重要事件，都与南京没任何关系。

武昌的起义似乎还不足以惊醒这个城市，革命接二连三，革命党人频频出击，到处开花。光复大旗随处飘扬，转眼之间，南京周围差不多都成了革命党的天下。远一些的陕西、山西、云南光复了，近一些的湖南、江西、安徽光复了，上海光复了，杭州光复了，苏州光复了，沿着沪宁线，无锡、常州、镇江接二连三光复，连江北的扬州也光复了，南京仍然还掌握在清政府手里。

这个有点让人感到尴尬的现实，让南京的革命党人感到很窝心，很着急。起码在外人看来，南京人不够努力，缺少血性。当然，南京人也做出了努力，十一月八日凌晨，一次仓促的不成功的起义，让势力单薄的革命党人惨遭失败。负责守城的清军将领，显然做好了防范，防患于未然，早早地将可能闹出事的新军调出了城外，每人只发给三粒子弹。和很多城市不用吹灰之力就轻易拿下不同，南京注定要经历一场血雨腥风。考察整个辛亥革命，南京光复之役不说最惨烈，但是也可以说相当麻烦，付出了很沉重的代价。

如果历史允许假设，时间可以倒流，站在清朝统治者的角度来看，他们一定会后悔做了两件事。第一，取消了科举，这让读书人失去了奋斗的目标。太平天国领袖洪秀全，就是一个屡试不中的失意秀才，要是考场得意，让他有了功名，或许就不会给政府添那么大的乱子。科举没有了，一代读书人有力无处使，有劲不知道该怎么用，仿佛没头苍蝇，巨大的能量发挥不出来，革命也就在所难免。第二，不应该冒冒失失地做军国主义的美梦，大清朝已病入膏肓，虚弱的身子根本禁不起重药，却还妄想建立一支强国称霸的新军，结果国未强，霸未称，反倒给自己培养了掘墓人。

复旦大学著名教授朱东润先生的三哥就曾经在新军服役，后来转业到南京老虎桥监狱当了狱卒，他的故事非常适合再现当时的历史。武昌起义的消息传来以后，这位思想激进的年轻人开始不安分起来，他与新军的中下层军官秘密联络，约定时间里应外合，同时举行暴动。然而新军被突然调往城外，仍然蒙在鼓里的他按照原定计划起事，时间一到，在监狱里为犯人打开了镣铐，用事先准备好的枪支将他们武装起来，然后呼喊着冲向街头。

因为没有外援，结果就只能壮烈牺牲。从名声来看，朱东润的三哥不能与秋瑾和徐锡麟相比，也不能与黄花岗七十二烈士相比，虽然后来也得到了抚恤金，也算是个英雄先烈，说起来总觉得有点心酸。革命难免会有些牺牲，革命不是做买卖，不可以讨论值得不值得。然而他的牺牲至少可以说明，光复南京毕竟不是儿戏，还必须有些更有力的行动才行。

二

辛亥革命的最终成功，完全出乎大家意料。按照革命党人的意愿，革命应该首先在边远地区发动，然后逐步推开，最终彻底动摇清王朝。偏偏事实证明，边远省份的起义，总是微不足道，很轻易地就被扑灭。众所周知，发生在武昌的起义更像是一次擦枪走火的意外，革命党人自己都感到手忙脚乱，最后不得不从床底下将黎元洪搜出，白白送了顶革命元勋的乌纱帽给他。

因此，辛亥革命的成功，某种意义上来说，并不是革命党人如何强大，而是大清朝实在太弱。光复成了多米诺骨牌，因为大清朝太弱，因为寿终正寝，很多城市只要揭竿而起，发一篇通告，贴几张传单，就可以传檄辄定，立刻光复。巡抚大人摇身一变，又成了本省的最高权力长官都督。城头变幻大王旗，革命成了一场欢快的游戏，光复成了最时髦的词。然而骨子里的旧还在，官仍然是官，民依旧是民，知县摇身一变，成了县知事，一字之差，县太爷还是县太爷。

此时的南京却有着特殊意义，天下已经大乱，胜负还在一念之间。袁世凯打电报给负责守城的张勋，说“东南半壁，悉赖我公”，他的意思十分明显，只要南京还在，革命党人就翻不了天。只要南京还没丢，沪宁线上的城市虽然光复，其他省份已经独立，清军随时还可以再收复。这时候，革命已经不可阻挡，但是站在反革命一边的袁世凯却稳操胜券，他的北洋大军掐住了革命党的喉咙，已将武昌团团围住，置于自己的炮火之下，只要他愿意，拿下武汉三镇指日可待。

革命党人也看到了问题的关键，很显然，辛亥首义的武昌肯定守不住。事实已经证明，在军事上，黄兴督战的革命军根本不是北洋的对手。要解武汉之危，只有尽快搞定南京。“南京一日不下，武汉必危。武汉不支，则长江一带必不能保，满虏之焰复炽，祖国亡无日矣！”一时间，南京成了重中之重，于是组成了江浙联军，革命与反革命的势力不得不在此地进行决战。

说是决战，相对于上个世纪的军阀混战、中日战争、国共内战，光复南京之役算不上什么大战，死伤人数也相当有限。但毕竟这是一场改朝换代的生死决战，毕竟这一仗，彻底结束了中国几千年的封建统治。南京的光复，让快要逆转的形势，又一次有利于革命党人。很显然，武昌起义惊天动地，而南京的光复，才正式宣告清朝的大限到了。

这样的结果，一向散淡的南京人肯定不会想到，他们不会想到自己的城市，在风谲云诡的中国大历史上，会扮演了一个如此吃重的角色。革命军从不同的方向冲进城门，爱看热闹的南京人又一次成了看客。炮声已经听不见，零星的枪声也已经结束了，南京人怀着好奇的心情走上街头。在著名的革命党领袖中，竟然找不到一个土著的南京人，退求其次，就算是革命党中有头有脸的南京人也找不到。说起革命家史，南京人只能又一次惭愧。

三

辛亥革命是个模糊的概念，既可以指武昌起义，也可以是当时的一系列城市暴动。或许正是从这个时候开始，革命就变成了一个常用词汇，十分正面，而反革命基本上就是骂人了。结论往往最简单，标准答案一次次灌输给了我们，不断出现在考题中，因此一说起辛亥革命，是个学生就会滚瓜烂熟。首先，它推翻了几千年的封建王朝，其次，袁世凯窃取了革命的成果。我的历史知识都是读闲书得来的，用行家的话说，是野路子。多少年来，我一直是野史的爱好者，通过旁门左道阅读历史，借助前人的文章和笔记了解过去。辛亥革命时期的南京怎么样，当时的人有些什么心态，重新考察体会，或许会有些新的观点，会有些与流行不同的看法。

终于光复了，南京的老百姓开始咸与维新，开始兴高采烈相互剪辫子。大家突然发现，原来剪个辫子也没什么大不了，就仿佛闹革命，在不同阶段，有着不一样的代价和结局。清朝留给汉人的辫子，原本和脑袋联系在一起，危险时，剪辫子意味着要丢掉性命。等到大势已去，连袁世凯也与时俱进，剪掉辫子也就是一剪子的买卖，到这时候，水到渠成，剪已经不是什么事，不剪辫子才是个问题。

用旁观者来形容辛亥革命时期的南京人，显然有些不够恭敬，事实的真相或许就是如此。南京是两江总督所在地，掌管着当时最富庶的区域，控制着清政府的经济命脉，历来为朝廷所看重。但是南京人根本管不了这些，他们才不在乎自己的城市有着什么样的政治地位，只是以一种十分现实的心态，非常平静地去迎接这场革命。不仅平民如此，普通官员也是这种态度。攻打南京的炮声响起之时，除了位于最高层的那几位长官夹着尾巴仓皇逃跑，大部分官员都静观其变，既不打算直接参与光复，也不准备为大清尽忠殉节。

清道人李瑞清当时的职位是两江师范学堂监督，也就是南京最高学府的校长。考察这样一个文化人的态度，显然有助于我们重新回到当时的现场。李清道是中国最早参与高等教育的文化官员，曾经到日本考察教育，戊戌变法以后，新派思想一度落于下风，保守势力甚嚣尘上，但是随着科举制度取消，废书院，兴学堂，罢私塾，设师范，已成为不可阻挡的潮流。那时候的大学生显然没有今天激进，更没有几年以后五四运动时的觉悟。虽然在革命军中也有李的学生，譬如后来的著名教授陈中凡先生，他曾在革命军中当伙夫，但毕竟只是极少数，基本上微不足道。

当时思想激进的学生，也不过是先悄悄地把辫子剪了。作为大学的一校之长，对待自己的学生，李瑞清既不鼓励，也不阻挡，完全放任自由。在革命军的隆隆炮声中，他唯一的要求，就是照常敲钟上课。天下再乱，认真读书总是不错。他这么做，依然这么固执，很有点书呆子，但是确实不容易。当时的两江总督张人骏十分感慨，佩服他的淡定，觉得人才难得，是“诚可寄命任重者”，当即火线提拔，任命他为江宁布政使，官居二品。这是个相当高的职务，相当于今天的副省长和民政厅长。

受命于危难之中的李瑞清已不可能大有作为，大局不可能更改，很快，两江总督张人骏跑了，辫帅张勋也跑了，美国和日本领事劝李瑞清去外国军舰上暂避，他依然书生本色，没有携款潜逃，而是“封藩库，积金数十万”，静待革命军的到来。南京光复的那天，他衣冠楚楚，奉印端坐在堂上，眼睁睁地看着革命军冲了进来。

革命军并没有为难李瑞清，毫无疑问，这样的书生不应该是革命对象。交了布政使的大印，回到学校，留校师生奔走相告，欢迎他回来主持学堂。可惜李瑞清不愿与新政权合作，去意已决，遂命人登记校产，抄录清册移付缙绅，上书督府，辞退校长职务。又眼见学生贫寒，衣衫褴褛生活贫困，心中十分痛苦，便卖去自己的车马，所得钱财散给穷学生，随后两袖清风，飘然而去。

四

由于南京是由联军攻打下来，谁来当这个城市的大都督，便成了一个有争议的话题。论功行赏，结果却是你不服我，我不服你。革命给了革命党人一个平起平坐的机会，拥兵的青年将领都觉得自己功高盖主，革命尚未最后成功，各路英雄好汉已经开始勾心斗角，开始争权夺利。南京光复以后，革命党人纷纷涌向此地，投机者也如期而至。虽然革命还未最后成功，武昌仍然告急，可是这里已经俨然像个官场。同盟会会员吴玉章代表蜀军政府赶到南京，刚成立的中华民国临时政府像点样子的官衔早就被瓜分一空，部长的位置没了，次长的位置也没了，以至于老朋友只能抱歉，让他任选一个司局长干干。

从光复那一天起，南京就成了一个大的权力场。不能将李瑞清这样的教育精英为自己所用，显然是新的民国政府的遗憾，在这个问题上，既可以说李瑞清顽固和清高，也可以说新政府根本就没时间没兴趣来网罗人才。新的民国政府有很多事要做，有很多重要的会议要开。由于在中国历史上的特殊地位，南京很轻易地就获得了对辛亥革命的领导权，就像革命元勋黎元洪的遭遇一样，具有金陵王气的六朝古都南京，在各种势力的综合作用下，顺理成章地成了中华民国政府的所在地。

武昌起义时，革命军的旗号是十八星旗，它仍然带有汉族独立色彩，驱逐鞑虏，恢复中华，十八颗星象征着汉人的省份。南京民国政府最后选定的国旗，是代表着汉满蒙回藏五族共和的五色旗，千万不要小看了这五色旗，从武昌起义到南京光复，从汉人闹独立到五族和平共处，也不过就两个月工夫，辛亥革命已迈进了一大步，此时的中华概念，事实上就是清政府原有的疆域，它已经不再仅仅是一场汉民族的革命，而是整体中国人的革命。

南京悄悄地改变了革命的性质，从结果来看，它仍然还有骨子里的软弱，正是这种软弱，导致了袁世凯最后窃取了大总统一职。然而有时候妥协并不一定是坏事，让步也不是没有一点意义，妥协和让步可以达成一种共识，可以选择一个最好的结果，这就是取消帝制，反对民族分裂，停止南北对抗。从光复的那一天开始，南京就担当起了领导和调和的任务，如果说辛亥革命时期的南京有什么最重要贡献，那就是它一次次满足了当时各种势力的要求，为未来寻找到了一个平衡点，为大家找到了一个都能接受的方案。辛亥革命时期的南京，有着中国历史上从未有过的民主，虽然有些混乱，有太多见不得人的勾心斗角，有让人不齿的权谋，但是说到底，还是浩然正气占据了上风。

一九一一年的十二月十四日，各省代表在南京开会，为选黄兴还是黎元洪当总统争执不休，获悉袁世凯也赞成共和以后，立刻决定暂缓选举总统，虚位以待袁世凯反正。很显然，还处在敌人阵营的袁世凯，才是大家心目中众望所归的总统人选，黄兴这么认为，黎元洪这么认为，孙中山也这么认为。十二月二十五日，孙中山从法国马赛回国抵达上海，由于有比较高的威望，他受到许多革命团体的支持，也得到了立宪派和旧势力的认可，一致认为他是争取袁世凯反正之前的最佳临时总统。因此从一开始，孙中山的大总统前面，就加着临时两个字。

换句话说，袁世凯最后成为正式的大总统，不是一个简单的窃取就可以解释，也不是用南京的软弱就可以形容，而是代表着当时从上到下的民心。事实上，辛亥革命时期的南京在最后选择了袁世凯，错也好，对也罢，最终尊重民意这一点，应该得到充分肯定。周公恐惧流言日，王莽谦恭未篡时，是袁世凯对不起民意，是他自己把事情搞砸了，如果在当选大总统之后不久便死去，他或许就真的流芳百世了。

二〇一〇年十二月十七日

诚知此恨人人有

一九三八年一月最后几天，春节临近，对于中国人来说，过去的一年十分糟糕。七七卢沟桥事变，北平沦陷。“八一三”上海淞沪抗战，首都南京丢了。抗日抗日，口号喊得惊天动地，大家都没料到最后会这样。一月二十六日，沦陷在北平的周作人写了两首打油诗：

廿年惭愧一狐裘，贩卖东西店渐收。
早起喝茶看报了，出门赶去吃猪头。

红日当窗近午时，肚中虚实自家知。
人生一饱原难事，况有茵陈酒满卮。

自从进了民国，旧体诗中最有趣的便是打油诗，虽然还罩着古旧长衫，离高贵已经有段距离。譬如胡适先生写给周作人的《再和苦茶先生·聊自嘲也》，“不敢充油默，都缘怕肉麻。能干大碗酒，不品小钟茶”。若没有抗日这样的大背景，没有国难临头，打打油还真是挺好玩。然而中华民族已到最危急时刻，再继续打油就有问题。周作人这两首打油诗，显得很不正经，喝喝茶，看看报，吃点猪头肉，放下闲书倚窗坐，一樽甜酒不须辞，完全是两耳不闻窗外事的样子。查当时记录，周作人这段日子最主要的工作就是翻译《希腊神话考证》。

一月三十日是旧历除夕，周作人在日记中恶狠狠地写了这么一句：

> 今晚爆竹声甚多，确信中国民族之堕落，可谓无心肝也。

不妨想想当时情形，文化人不讲起理来，让人哭笑不得。凭什么你老人家打油喝茶看报吃猪头肉，却不让老百姓过年放爆竹。毫无疑问，国家到这一步，大家心头不好过，谁会真甘心亡国灭种呢。国家兴亡匹夫有责，事实上此时此刻，很多文化人也没闲着，留美出身的胡适选择出任美国大使，在异国他乡四处演讲，直接影响了美国人的对日态度。梁漱溟先生专程去延安，与窑洞里的毛泽东彻夜长谈，前后共谈了八次，最长的一次通宵达旦。毛泽东希望梁读一读恩格斯的《反杜林论》。梁漱溟是学哲学出身，不得不承认自己不太能读懂。三十年后“文化大革命”，《反杜林论》一度非常流行，我祖父我父亲都恭恭敬敬地抄过，我母亲文化程度不高，竟然也抄写过这本书。

一九三八年一月二十九日，也就是民俗小年夜，毛泽东致电邓发，请他转给远在苏联莫斯科的王稼祥，说红军大学缺战略教本，让王搜集一些这方面书籍，赶快找人翻印。王稼祥是中共驻共产国际代表，留俄出身，属于“二十八个半布尔什维克”之一，一九四九年以后的第一任驻苏联大使。都说留日学生比较容易激动，以比周作人小七岁的郭沫若为例，他们情况类似，都是留日，都娶了日本女人，都生了孩子。结果呢，郭沫若抛妻弃子，毅然回国参加轰轰烈烈的抗战，而留在北平的周作人，只是在日记中发牢骚，骂别人没心肝。当时毅然抛妻别子离家出走的，还有留学英国的老舍先生，这位老北平去了武汉，投身到文化人集体抗日的洪流之中。

图穷匕首见，不到最后关头，人的真面目看不清楚。自从鲁迅逝世，说周作人是文坛领袖并不为过，左翼文坛固然很热闹，很受年轻人喜欢，但是内行看门道，真正懂得文章好坏的，显然更看重周作人的文字。因此沦陷北平的周作人一举一动，便有了完全不同寻常的意义。为什么他不能像郭沫若或者老舍那样离开北平呢，张中行先生晚年回忆，说自己当年曾给周作人写过一封信：

> 那是盛传他将出山的时候，我不信，却敌不过一而再，再而三，为防万一，遵爱人以德的古训，表示一下我的小忧虑和大希望。记得信里说了这样的意思，是别人可，他决不可。何以不可，没有明说，心里想的是，那将是士林的理想的破灭。他没有回信。

不知道周作人有没有收到这封信，即使收到，怕也不会太当回事。不回信意料之中，毕竟那时候的张中行还未满三十岁，是个名不见经传的屌丝和粉丝。不过这确实代表了很多人的心愿，在一九三八年的北平，形势非常险恶，日记中的周作人和现实中的周作人，正激烈斗争，往后退一步苏武牧羊，往前走一步李陵投降。读周作人日记，大有要准备认领苏武的意思。这一年的二月九日，日本大阪每日新闻社在北京饭店召开“更生中国文化建设座谈会”，出席人员不是日本人，就是落水的汉奸，周作人居然长袍马褂，也跻身于其中，一副洒然自得之态。

《大阪每日新闻》刊载了消息，并发表了会议参加者的照片。好在是战时，虽然有不太清晰的照片为证，大家听到的还都是传闻，有人愤怒谴责，有人将信将疑，也有人为之辩解。周作人心静如水，颇有些出污泥而不染，在十日晚上，也就是参加座谈会的第二天，又毅然至福全馆，赴日本友人山宝之招宴。在旁人眼里，都是不得了的大事，周作人则泰然处之，清者自清浊者自浊，没觉得这些事有什么大不了。热爱周作人的读者，最后只能用“小事精明，大事糊涂”来形容他。与周同岁的日本作家武者小路实笃公开发表了一篇文章，说自己很想派人去慰问周作人，可是在这特定时刻，“或者于他反有妨碍吧。不过正如我爱日本一样，周作人之爱支那是当然的事，我的友情不会得使他人对于周作人之爱支那的事引起什么疑惑的”。

瓜田李下，有些嫌疑必须要回避，黄泥巴落在裤裆里，不是屎也是屎，连日本朋友都明白的道理，周作人不会不知道。武者小路实笃还说，“我想听听周作人对于谁也不曾表白过的真心话。

也想听支那的人们对于日本第一希望什么”。周作人据此致信武者小路实笃，也是公开发表，作为推心置腹的回应：

> 现今中日两民族正在战斗中。既然别无通路，至于取最后的手段，如再讲什么别的话非但无用，亦实太鄙陋矣。如或得晤面，则或当说废话发牢骚，亦未可知，但现今却是不想了，读尊作后甚想奉书，又恐多言，如或使更感到寂寞则亦甚抱歉，故只此不赘，诸希谅查。

周作人这封信，很智慧地玩了一回不说之说的把戏，好像没说什么，又好像都已经说了。然而有些事并不是周作人觉得怎么样就怎么样，你自己以为是一片冰心在玉壶，有信心同流而不合污，人家那边已经为你坐实汉奸罪名，中华全国文艺界抗敌协会通电全国，严厉声讨，请援鸣鼓而攻之，声明应立即将周作人“驱逐出我文化界之外，藉示精神制裁”。武汉的《新华日报》发表题为《文化界驱逐周作人》的短评，指出“周的晚节不忠实非偶然”，是他“把自己的生活和现社会脱离得远远的”的必然结果，那些文化界中对所谓“硕子鸿儒”“盲目崇拜”的人，应以此得到一次教训，“一个人尽管有了‘渊博’的学问，并不就能保障他不会干出罪大恶极的叛国行为来，并不能保障他们不做汉奸”。

由老舍倡议，楼适夷起草，经郁达夫修改的十八人署名的《致周作人的一封公开信》发表了，这封信写得很诚恳，其中不乏精彩段落：

> 我们了解先生未能出走的困难，并希望先生做个文坛的苏武，境逆而节贞。可是，由最近敌国报章所载，惊悉先生竟参加敌寇在平召集的更生中国文化建设座谈会：照片分明，言论具在，当非虚构。先生此举，实系背叛民族，屈膝事仇之恨事，凡我文艺界同人无一不为先生惜，亦无一人不以此为耻。先生在中国文艺界曾有相当的建树，身为国立大学教授，复备受国家社会之优遇尊崇，而甘冒此天下之大不韪，贻文化界以叛国媚敌之羞，我们虽欲格外爱护，其如大义之所在，终不能因爱护而即昧却天良。
>
> 我们觉得先生此种行动或非出于偶然，先生年来对中华民族的轻视与悲观，实为弃此就彼、认敌为友的基

木原因。埋首图书，与世隔绝之人，每易患此精神异状之病，先生或且自喜态度之超然，深得无动于心之妙谛，但对素来爱读先生文学之青年，遗害正不知将至若何之程度……

一念之差，忠邪千载，幸明辨之！

周作人最后成为汉奸，确实让人心痛，也就是张中行说的那个“是别人可，他决不可”。偶像就这么被无情地打破了，“一念之差，忠邪千载”。胡适给周作人写了一封信，寄到北平，是一首含蓄的白话诗：

藏晖先生昨夜作一个梦，
梦见苦雨庵中吃茶的老僧，
忽然放下茶钟出门去，
飘然一杖天南行。
天南万里岂不大辛苦？
只为智者识得重与轻。
梦醒我自披衣开窗坐，
谁知我此时一点相思情。

周作人也写了一首十六行的白话诗回答，听说胡适即将赴美，所以寄到华盛顿的中国使馆转交：

老僧假装好吃苦茶，
实在的情形还是苦雨，
近来屋漏地上又浸水，
结果只好改号苦住。
晚间拼好蒲团想睡觉，
忽然接到一封远方的话，
海天万里八行诗，
多谢藏晖居士的问讯。
我谢谢你很厚的情意，
可惜我行脚却不能做到；
并不是出了家特地忙，
因为庵里住的好些老小。
我还只能关门敲木鱼念经，
出门托钵募化些米面，
老僧始终是个老僧，
希望将来见得居士的面。

文化人干的事就是有文化，干什么事都是文化。打哑谜，玩太极，走一步算一步，这些都是周作人的强项。他的最终下水，基本上属于温水煮青蛙，一点一点加温，从无到有，从勉强到严重到很严重，最后终于无法回头。似乎游刃有余，很快黔驴技穷，“深得无动于心之妙谛”的周作人，聪明终被聪明耽误，不该参加的会参加了，不该拿的钱拿了，坦然去赴日本人宴会，最后到伪政府里任职，写鼓吹东亚共荣的文章，最让人感到不堪的，他老人家居然沐猴而冠，穿上了日本人的军服，去检阅童子军。

一失足，千古恨，文化终于不能再遮羞。关于周作人的下水，有过各种分析各种解释，无论周作人自己，还是那些喜欢他文字的好心人，说来说去，都难免避重就轻，都说服不了别人。譬如编造“地下党”身份，譬如保护了北京大学的校产，玩所谓身在曹营心在汉的把戏，用时髦的网络语言就是千方百计为他“洗地”。然而事实终究是事实，墨悲丝染，染于苍则苍，染于黄则黄，再洁白的蚕丝，颜色变了就是变了，饿死事小失节事大，因此“染不可不慎也”。

一九四一年十二月，日本偷袭珍珠港，太平洋战争爆发。大汉奸周佛海在日记中哀叹，觉得此战一开，惹怒了强大的美国佬，日本帝国恐怕难逃失败厄运。重庆的国民政府喜出望外，窗户纸捅开了，中美两国终于可以大大方方地联手。中日虽然开打很多年，直到这个时间点，我们的国民政府才正式向日本宣战。作为一名职业军人，黄埔一期生宋希濂接受记者采访，明确表示他看到了胜利的希望。令人啼笑皆非的是周作人，这位被大家认为充满了智慧的长者，根本不懂什么叫国际政治，看这段时期的日记，不是他请日本人吃茶聊天，便是赴日本人的宴会喝酒，似乎活得非常潇洒。在北平的文化人，遇上日本人找麻烦，第一个本能反应，是赶快去找“周启明”，也就是说赶快找周作人，为什么呢，因为周是可以在日本人那里说上话的。

十二月二十六日，周作人在伪中央电台做广播演讲，讲题为《日美英战争的意义与青年的责任》。一二三四说了很多，每一条都很丢脸，每一句话都可以作为罪证。动不动就是要为东亚民族解放而战，“我们身为东亚民族的人，应当在此时特别紧密联络，团结一致，以对抗英美的侵略，以求本身的解放，这是东亚民族最紧要的时期，我们切切不可以忽略。”责任也好，意义也罢，无论怎么振振有词，都是大东亚共荣圈那一套的胡说八道，出自能写一手锦绣文章的周作人之口，真让人情何以堪。好在当时媒体并不发达，没多少人听广播，讲话稿发表了，也没什么人愿意阅读。人在做天在看，那年头做汉奸也不容易，同样要不停地开会，赶场子发言表态，太平洋战争爆发后的两个月，周作人忙得不亦乐乎，一个会接着一个会开，宴会吃了一顿又一顿。日本人很在乎宣传，而且显然是被暂时的胜利冲昏了头脑。

不难想象抗战胜利，周作人应该会有的狼狈，此一时彼一时，早知今日，何必当初。一九四五年日本人宣布投降，南京和上海开始了对汉奸的大规模检举，紧接着北平也着手清算，周作人曾有过去延安的打算，知道国民政府肯定饶不了他，但是真去投奔共产党，人家也未必会欢迎。结果呢，认赌服输，以汉奸罪被逮，判处十年徒刑，关进了南京的老虎桥监狱。我祖父说起周作人，总是觉得很惋惜，认为他“思想明澈，识见通达，实为少数佳士，即使作奸，情有可原”。现实总是残酷的，大家都不愿意看周作人这样那样，偏偏他就是这样那样了。许广平先生在周作人被抓的那几天，曾在上海对祖父谈起过周作人，说周做汉奸后的“种种表现，皆贪吝卑劣，且为一般文人作奸者之挡箭牌，以为启明先生尚为汉奸，他何责焉”。祖父将这段话记录在了日记上，说自己“闻而怅然”，心里很不痛快。

周作人比祖父大了将近十岁，他弟弟周建人也比祖父大，祖父敬佩周作人的文章，与周建人私交更好，他们在商务印书馆共事多年。“文革”后期，我作为一名中学生，曾经见过周建人，他是人大副委员长，出门可以坐红旗牌轿车，在当时代表着非常高的国家领导人待遇。有一天过来跟祖父聊天，红旗轿车就停在胡同里，不知什么原因，汽车抛锚了，然后又来了一辆，小胡同里一下子停了两辆红旗，很是扎眼，许多孩子远远地在观看。与鲁迅和周作人相比，这位作为三弟的周建人学问如何，我一直弄不太清楚，他当过浙江省省长，还当过共产党的好几届中央委员，后来又是民进的最高领导。

我小时候不止一次听父亲说起周作人，他当然也是无意中听大人说的，意思无非周作人这家伙向来言行不一，说是一套，做又是一套，说他过日子太讲究，什么都很精致，要吃好的，要喝好的，文章虽然写得很漂亮，可文章漂亮又有什么用呢，还不是当了汉奸。抗战八年，正是父亲接受中小学教育的年头，他随着祖父逃难到四川做难民，受周围环境影响，对叛国投敌的汉奸深恶痛绝，有一种天生的仇恨。周作人被判徒刑，完全是情理之中，很显然，对于汉奸，仅仅只有一个道德审判还不够，该法办还是得法办。南京夏天很热，老虎桥监狱通风条件非常差，黄裳先生曾有文章记录当时的情景，看见周作人光着上身，笨拙的身体在席子上爬，完全一副斯文扫地模样，旁边还放着个装花露水的小瓶子，显然是用来驱蚊止痒。

研究中国现代文学的都知道，鲁迅与周作人兄弟绝对不能绕开。可以喜欢或者不喜欢他们，但是你必须要有足够的了解，必须认真地去读他们的作品。否则就会有太多人云亦云，就会有太多误读，而人云亦云和误读的重要原因，可能还是因为周氏兄弟文字太多，真要耐心读完并不容易。好文章要慢慢品，与许多研究现代文学的朋友聊天，都会有一种差不多的观感，刚开始，你会觉得鲁迅文章好看，像投枪像匕首，看了觉得过瘾，到后来，便会觉得周作人文章更有味道，更好看更耐读。说起周作人的下水，每一代人看法不一样，出发点不同，结果也就不同。祖父那一代读书人，崇尚他的学问，总体来说是敬重和惋惜。父亲那一代，印象中的周作人，也就是一个落水的大汉奸卖国贼，肯定好不了，他的结局是罪有应得。

我们这代人对周作人的观点，相对复杂一点，既没有祖父他们那代人的敬重和惋惜，也没有父辈那代人的轻蔑。在我们小时候，汉奸当然不是什么好东西，是坏人，但是国民党反动派也是坏人，所以他们都差不多，都是一丘之貉，还有“地富反坏右”。很长一段时间，我们所接受的教育是，世界上只有两种人，好人和坏人，坏人太多，天下乌鸦一般黑，像周作人这样的便基本上被湮没了。如果不是攻读现代文学专业，不是为了一个硕士学位，我很可能根本不会去接触周作人的作品。问题在于，改革开放以后，“右派”改正错划了，地主富家摘帽了，反革命变成一个十分模糊的词，国民党反动派也不是过去那个概念，唯一不太可能更正的是汉奸罪名。

自古汉贼不两立，王业不偏安，老百姓心目中，文章好看不好看不重要，汉奸和男盗女娼一样，永世都不可能翻身。周作人的不幸是遭遇到了北平沦陷这样的乱世，他没有挺身而出，恰恰相反，半推半就地挺身而入，从出世的风流儒雅，变成入世的自甘堕落。周作人之幸运是抗战胜利后，国民党政权很快垮台，改朝换代让他成为真正的隐士，事实上，他只坐了短短三年牢，在解放军还没过江前就被释放。此后的十八年，除了史无前例的“文化大革命”，文化人在劫难逃，他的生活也谈不上太糟糕。政治运动一个接一个，“三反”“五反”，“反胡风”，反右，他照样写文章，数量很多，质量也不错，真不能写就翻译，用各种各样笔名发表，每个月有四百大洋仍然入不敷出。

时来天地皆同力，运去英雄不自由，周作人落水本应成为文化人心中永恒的痛楚，毫无疑问，没有人会原谅他做了汉奸这个事实，然而也未必会有多少人太当真。过去一百年，中国文化人一方面不断地扮演崇高，说不完的大话，另一方面又有着太多无耻，太多让人难堪，因此，周作人的故事让人痛心，也容易让人聊以自慰。它给了我们一个可以鄙视他人的制高点，给了我们一个五十步讥笑一百步的机会，仿佛旧时指责邻人偷盗、女子失节，人们与生俱来的道德优越感，往往会在不知不觉中油然而生。崇高感的诞生，并不是因为自己真的有多崇高，而是我们觉得别人还不够崇高。口号越喊越响，节操却一次次落地，正因为如此，也就有了后来历次政治运动中文化人的尴尬，有了上纲上线，有了检举揭发批判，有了互相构陷落井下石。

中国文化人的最大不幸，不仅仅是遭遇乱世，生命受到威胁，更多是在不知不觉之中，一步步放弃了抵抗。明末清初的时候，面对清廷威逼和诱惑，顾炎武有一句十分体现文人之雄壮的话，“刀绳俱在，无速我死”，意思是说，你再逼我，我就死给你看。人皆有怕死的一面，真到了生不如死地步，死也就没什么太可怕。侯方域没人逼他，并没有刀架在脖子上，大清只用一个恢复科举，就将他给降伏了。因此《桃花扇》的故事精髓，在于国难当头，是与非的判断上，一个妓女很可能比一个文化人更有骨气，更明白道理。做人应该有底线，然而人生之困惑，往往是我们并不知道底线在哪，经常会书读得越多，越糊涂。

事实上，有意无意地，周作人一直在悄悄为自己辩护，他可以认错，可以认罪，是不是真在忏悔，只有他心里才明白。巴金先生说起“文革”，认为最大的悲哀是很多人并没有罪，却真心地觉得自己有罪。认罪不认罪，忏悔不忏悔，是一个不太容易说清楚的话题。抗战胜利后那几个月，各路汉奸仿佛热锅上的蚂蚁，一九四五年十一月十六日，十分平静的周作人写了一篇《两个鬼的文章》，振振有词，痛斥中国士大夫的言行不一致，说他们所做的事，无非是“做八股、吸鸦片、玩小脚、争权夺利，却是满口的礼教气节，如大花脸说白，不再怕脸红，振古如斯，于今为烈”。

在这篇文章中，周作人说自己很幸运，终于可以不再与虚伪的士大夫为伍，“吾辈真以摆脱士籍，降于堕贫为荣幸矣。我又深自欣幸的是凡所言必由衷，非是自己真实相信以为当然的事理不敢说，而且说了的话也有些努力实行，这个我自己觉得是值得自夸的”。周作人说所有这一切其实“也只是人之常道，有如人不学狗叫或去咬干矢橛，算不得甚么奇事，然而在现今却不得不当作奇事说，这样算来我的自夸也就很是可怜的了”。听其言观其行，真不敢相信此时的他竟然还能这么说，还能有这样的自信。写完文章二十天后，十二月六日，周作人便以汉奸罪被逮，送到北平炮局胡同监狱。

周作人说自己文章中向来有两个鬼，一个是流氓，一个是绅士，话说的有些绕，拐弯抹角，不熟悉他文风的人，很可能不明白要表达什么。三言两语也解释不清楚，说白了，就是好文章要包含两种气息，在看似讲道理的文章中要有流氓气，在看似捣蛋骂娘的文章中要有绅士气。一味讲道理难免“头巾气”，一味风花雪月难免轻浮，在写作技巧方面，对于文章之道的精通，周作人绝对是高手和达人，你可以不喜欢他的为人，然而不妨碍欣赏他的文风，学习他的文字。只是欠了账都得还钱，功不唐捐，在现实生活里，在有意无意中，无论是耍流氓，还是装绅士，一定要慎之又慎，认真再认真。

士当以器识为先，一命为文人，无足观矣。读周作人的文字，还是那种感慨，总会有一种心痛，惋惜他的落水，更痛心他被人鄙视，让人看轻。那些人格上还不如他的人，那些远比他更不光彩的行为，在政治正确的旗号下，大话空话言不由衷，溜须拍马随大流，争名夺利，动辄上纲上线，检举揭发批判告密，各种无耻和不堪，都可以肆无忌惮，都可以堂而皇之。龙游浅水也罢，虎落平阳也罢，现实就是现实，事实不容改变，祸因恶积罪有应得，周作人显然不足以成为知识分子的表率，他从神坛上跌落，名誉一落千丈，斯文从此扫地，因为他的存在，因为有他这块挡箭牌，中国文化人的整体道德水平，似乎都被拉低了。

二〇一六年二月十七日　河西

胡适先生的应节

一个偶然机会，读了《胡适雷震来往书信选集》，有些话难以释怀。一九五九年一月二日，胡适在信中提到自己为《中国共产党之来源》一书题签，抱怨写了好几次，还是写不好。胡适的字在同时代人中算不上很好，可风气就是这样，人家看重的不是字好坏，是书写者的名声。

没看过《中国共产党之来源》，记得有一阵对这类书曾有浓厚兴趣，看过很多回忆录。港版之外，大陆出版常以内部读物发行，也不难找，我们之所以产生兴趣，往往因为它们是内部读物。这是从小养成的一种阅读兴趣，有点窥探隐私的意思，越是不让看，越想看。不只是历史读物，对于文学作品也是一样，像我这样的人，完全可以称为读“黄皮书”长大的一代。今天的年轻人已不知道什么叫“黄皮书”，它们是最典型的内部读物，似禁非禁，也属于一种特权，意味着有人能看，有人不能看。有些书过去非要一定的级别待遇才可以购买，事实上，真有那级别待遇的人不是老眼昏花，就是太忙乱，根本不会去看。

我不知道会有多少人去读这样一本《胡适雷震来往书信选集》，想来也不太多，书到了想出就出的地步，读者反而变得无所适从。我必须承认完全是因为偶然原因才去读这本，时至今日，出版尺度放宽了，网上更是百无禁忌，太多的好书非常容易读到，阅读的兴趣却大为减弱。

还是回到这本书，就在这封信里，胡适向雷震提到了工厂的校对谢先生，说这位谢先生不懂得自己说过的一番话，说此人没有幽默感，因此并不在乎他的看法。胡适的一番话，是指在“光复大陆设计委员会”的发言，这个发言有些应景，主要是分析“三民主义是科学的”这种说法，他的解释是想强调，如果三民主义真是科学，那么它的提倡者必须是“曾作过一番虚心的研究，研究的态度是容忍的，是兼容并包的，而不是独断的，不是教条主义的”。胡适以斩钉截铁的语气强调，只有这样，才可以解释三民主义究竟是不是科学。

我当然不知道那位工厂校对谢先生是何许人也，他代表着当时的一种声音。胡适抱怨谢没听懂自己的话，甚至还隐隐觉得，连老友雷震恐怕也没弄懂。无论谢先生还是雷震，都没参加这次会议，他们只能看报纸上的记录，这些记录用胡适的话来说，就是“奇怪之至”，驴唇不对马嘴。不过胡适也很坦然，说报纸上记录的这类讲话难免应节，根本不值得深究，他也不必置辩。

应节二字并不难懂，按中国古书的原义，就是适应和迎合。曹丕《让禅令》中有“风雨应节，祯祥触类而见”，《聊斋志异》中写促织，说它“每闻琴瑟之声，则应节而舞”。应节和应景基本上是同义词，为了解释得更清楚，胡适在信中特别加了英文解释，说“应节”是“occational”，意思是指特殊场合的发言。应节讲演在胡适看来，本是迫不得已的“苦事”，结果演说词还要登在报纸第一版上示众，上头条，被曲解被误读，那就更是苦事了。

胡适信中用到“应节”这个字眼，好像随便说说，其实很认真。他说别人缺少幽默感，自己未必就有多幽默，作为五四一代人，他总体上还属于喜欢顶真，所谓幽默只停留在“怕老婆”这种玩笑上。胡适的为人既宽容也认真，宽容是允许别人说话，认真是一板一眼，实事求是，嘴上说不置辩，忍不住还是想说说清楚，仿佛有人反复强调不解释，有时候不解释就是解释。

同年一月九日给雷震的另一封信中，胡适意犹未尽地旧话重提，说自己那个应节演说的反响五花八门，有些人说是“太大胆”，有些人说是“太捧场”，而美国朋友则说是“很谨慎”。胡适说他觉得这些“都是很自然的反应，我毫不感觉奇怪”。事实上，他当然有想法，只不过是无奈而已。时隔五十多年，重读这些旧信，感受最深的还是胡适不解释之解释，不置辩之置辩。

如果不明白胡适与雷震的关系，不知道两人前后的恩怨，这些私人信件不读也罢，读了也会不知所云。事实上，雷震对胡适的景仰从没有改变，胡适也从没有背叛过雷震。上面提到的两封信发出后第二年，发生了著名的“雷震案”，雷震锒铛下狱，又过了四十年，雷震被正式平反。坊间曾有不少议论，认为胡适当年害怕蒋介石不满，不敢去牢房探监，这是不仁不义，是一种懦弱的表现。只要读过雷震服刑期间他们的通信，顿时会觉得这些议论不实事求是，很肤浅，没什么意思，就像今天许多网上的慷慨发言，想到哪说哪，想怎么说就怎么说。

一九四五年抗战胜利，胡适给当年的学生毛泽东写信，希望他能放下武器，就像没有一兵一卒的英国工党以选举取胜那样，用和平的方式与蒋介石争夺天下。结果当然是很可笑，无论共产党还是国民党，都觉得他是个不折不扣的书呆子，是痴人说梦。

然而这就是读书人的见解，观点常会和别人不一样，看法十分独到，即使应节发言也如此。说话听声锣鼓听音，显然，对于胡适先生的应节，对于他的许多不解释不置辩，我们更应该看到随便中的不随便，看到他的容忍，看到他的无奈。

二〇一一年十一月十五日

吴佩孚眼里的张良

五四运动后来地位会那么高，这是当时绝对不能想到的。冲锋陷阵的都是年轻人，一大帮热血沸腾的小伙子，想闹的闹，能冲的冲，敢打的打。背后当然也有人指使，有老家伙在出谋划策，但是到最后，大浪淘沙，出风头的就剩了两位，一位傅斯年，一位罗家伦。后宫佳丽三千人，三千宠爱在一身，凡事都喜欢有个代表，真当上什么代表，常常可以攫夺大功为己有。

秦皇岛外打鱼船，一片汪洋都不见。时间能够掩盖许多真相，辛亥革命以后的历史，五四运动的地位显然被拔高了。大家更多的是喜欢拿它说事，一次次借那场运动的酒，浇当下不太如意的愁。人们已经弄不清楚，其实当时最著名的口号，不是“科学和民主”，而是“誓死力争，还我青岛”。作为那场运动的代表之一，傅斯年一直引以为豪，别人说他是青年领袖，他也就顺水推舟，当仁不让。二十多年以后在延安，抗日战争胜利前夕，毛泽东与傅斯年见面，两人握手言欢，重温五四轰轰烈烈一幕，毛泽东流露出当年的敬佩之情，居功自傲的傅斯年颇为得意，说我们不过是陈胜吴广，你们才是项羽刘邦。

关于这段对话有不同解读，有人认为傅斯年是在自谦，常言道，“秀才造反，三年不成”，文化人只配捣捣乱，枪杆子里才能出政权。也有人认为傅是在讥讽，暗指毛不过是《水浒传》中占山为王的宋江之流，内心深处并不是真正看得上，傅自己后来也做过类似解释。夸奖也好讥讽也罢，反正毛并不以为忤，傅向毛求字，毛便随手抄了一首诗给他，其中有两句耐人寻味，“坑灰未冷山东乱，刘项原来不读书”，说自嘲也可以，说自谦也不错。

中国古代文化人向来讲究文史不分家，都喜欢通过历史来说事。不熟悉历史就没办法聊天，傅斯年和毛泽东这番谈话，忆往昔峥嵘岁月稠，不谈科学和民主，也不争意识形态，“德先生”和“赛先生”请靠边站，谈的只是天下和江山。

这也就是所谓的煮酒论英雄。最近电视剧《北平无战事》热播，其中一个热议话题是民心之争，潜台词和公开的对白，都有这层意思，当时的国民党输在腐败，败在失去民心。历史究竟怎么回事，三言两语说不清楚，天下英雄谁敌手，有一点可以肯定，那就是国民党最后没有打得过共产党。双方真枪实弹，打了一场决定生死存亡的大战，谁赢谁得天下。

输了就输了，所谓总结经验都是后话，都是屁话。一九三四年，失意的直系军阀将领吴佩孚在北平赋闲，有一天，接见了一名春风得意的年轻军官，这个人叫邓文仪，是黄埔一期的学生。作为蒋介石的手下败将，吴佩孚认栽服输，打不过就是打不过，仿佛一场体育比赛，时间一到，输赢立刻见分晓，比分谁也改变不了。吴佩孚对邓文仪说，蒋介石很可能就是今日中国的汉高祖，言下之意，自己虽然也曾宣威沙场，叱咤风云，结果却是失败的项羽，只差在乌江边自刎。听上去在夸蒋介石，嘴上认输了，内心深处仍然摆不平，还是有些不服气。

说蒋介石是刘邦，在吴佩孚看来有足够理由，一个小小的青年军官，名不见经传，自一九二四年在广州创办黄埔军校，到一九二七年国民政府定都南京，短短三年时间，这个天下的获得之容易，与汉高祖相比确有一拼。问题在于，刘邦的天下到手以后，越来越稳固，而蒋介石的江山却一直处于风雨飘摇中，他统治下的中国危机不断，事实上从来没有真正统一过。

吴佩孚的观点是蒋介石手下没有张良，说起来都还是封建老一套，皇帝虽然打倒，皇权意识一直没有改变。在普通百姓心目中，什么江山呀，什么天下呀，和他们没有一点关系，争来争去都是别人的，剩下的只有朦朦胧胧的爱国。资父事君，曰严与敬。孝当竭力，忠则尽命。《千字文》中的这些陈腔滥调早已不太时髦，可是现实中总还会有些冠冕堂皇的大话。吴佩孚的话绵里藏针，意思无非是说蒋介石看上去像汉高祖，看上去像不等于真的就是，为什么呢，因为他手下缺少张良这样的谋臣。

少年得志的邓文仪并不认为这样，他告诉吴佩孚，说国民党有几百万党员，在民主政党时代，这些人就是“参谋团和智囊团”，就是现代的张良，因此党国的前景一定美好。老不跟少斗，吴佩孚非常智慧地回了一句：你的话也有道理，不过只有等到真正的张良出来，你们的民国之事才会有很快发展。

邓文仪比邓小平小一岁，他们是莫斯科中山大学的同学，都曾经是属于或接近张良似的人物。一九九〇年两人曾在北京见过面，他们当然不会聊到陈胜吴广，可是作为失去天下的一方和得到天下的一方，他们很可能会情不自禁地想起项羽刘邦。度尽劫波兄弟在，相逢一笑泯恩仇，历史究竟由谁决定，说不清楚。民心再重要，也就是一个用不用，会不会用的问题，如果说吴佩孚老人的话真还有些道理，那么决定国家命运前途的，或许更重要的还是张良们。

吴佩孚把张良的地位提得很高，然而他们毕竟只是千里马，还得要有识货的伯乐才行。韩信曾对刘邦说："陛下不能将兵，而善将将。"因此，吴佩孚的这番话便有另一层含义，作为国家最高领导人，会不会用张良，比有没有更重要。张良集团中有一个很重要人物是萧何，成也萧何败也萧何，真用人用错了，不是一件小事。

二〇一四年十一月二十九日

一九二九年，美国人怎么看蒋介石

美国人怎么看蒋介石并不是一成不变的，一九二九年，在南京的美国领事馆官员通过他们的观察，给远在北京的大使写过一个报告。这个报告今天读起来，有点滑稽，有点荒腔走板，又非常有意思，读着读着，当年的历史情景扑面而来。

一九二九年的蒋介石可谓春风得意，尝足了“枪杆子里出政权”的甜头。此时此刻，国民革命军北伐已经成功，中国自古就有“皇帝轮流做，明日到我家”的说法，蒋介石忽然登上了权力顶峰，这个确实出人意料，别人想不到，他自己也未必能想到。吊民伐罪，周发殷汤，说到底，天下都是打出来的，成王败寇，最后的胜利者永远属于正义之师。

还是先聊聊历史，先说一八九五年，这可以说是中国人最沮丧最难堪的一年。中日大战虽然发生在前一年的甲午，真正投子认输，有条件的投降，让大清签下丧权辱国的《马关条约》，却是在这一年四月。因此在一八九五年，一方面是恨悠悠赔款割地，另一方面是气鼓鼓小站练兵，前者是为过去的无能买单，后者是为未来的崛起做准备。

小站练兵成全了一位响当当的人物，这就是一代枭雄袁世凯。小站练兵聘请的是德国教官，一招一式都学习德国，最终也没有学像，可是军权在手，拥兵可以自重，一不小心就得到了天下。机会来得很突然，袁世凯并不是小站练兵第一人选，他不过是接替了胡燏棻，结果到后来，没人再知道这个胡什么棻是何许人，猛一看还以为是个女同志呢。

黄埔军校的结局也有点相似，一九二四年，蒋介石并不是南方革命党中的最高军事将领，要说地位，有个叫许崇智的明显比他高，年龄大一岁，处处要压他一头，学历资历都比蒋强。黄埔军校筹办之初，孙中山想让程潜当校长，蒋介石只是副校长人选，后来阴差阳错，仿佛袁世凯接替胡燏棻一样，蒋介石顶掉了程潜，成为黄埔军校的实际领导者，成为名副其实的“校长”。后果总是难以预料，谁也不会想到最后会有那么惊人的回报，没有小站练兵袁世凯就做不了民国首任大总统，没有黄埔军校就没有国民党的天下。

还是让我们看看一九二九年身在南京的美国领事如何描述蒋介石吧，这时候，国民政府已成立，东北张学良已经易帜，北洋军阀这一页算是彻底翻过去了，美国领事对蒋介石的评价，其实是对中国新政权的评价。美国人很看重出身，在教育背景这一栏上，说蒋毕业于保定军官学校，留学日本东京军事学校，长于陆军，曾在俄国待过一年。这些介绍要说对，大致有那点意思，要说准确，便有些离谱。

关于蒋介石的文凭之伪，早就有过各种详细考订，是不是货真价实不重要。当年没人在乎这个，文凭永远是个没有用的死东西。值得品味的重点，是说蒋介石在俄国待过一年。这个俄国是苏联，也就是说共产主义苏维埃。先说有没有，有。时间不是一年，确切地说，三个半月。关于这段俄国经历，大家后来都不愿意提，国民党自己捂着不说，共产党更不愿意说。但是美国人不会轻易放过，在他们看来，这很重要，这意味蒋介石非常有可能“赤化”。

尽管此时的蒋介石已跟中国共产党翻脸，和苏联的感情也差不多掰了，美国领事的判断是这位“聪明的政治家”，不仅会“不顾一切揽权谋私”，还“与左派重要领导人有密切联系”，“他的势力将不可限量，他在个人集权的能力方面将超过国内其他领导人”。很显然，美国佬非常担心，担心这个“懂得如何利用别人的偏见、恐惧等个人缺点”的政客，会左倾会“赤化”，甚至“有可能暗地里仍对苏联友好，对其他国家冷淡”。

冷战是第二次世界大战后的产物，在这之前，向往红色政权，可以是个模棱两可的东西。它很可能出现在同一个人身上，一个人难免忽左忽右，最聪明的人就是左右逢源。美国领事特别强调了蒋介石对日本的态度，这个看法很坚定，认定蒋虽然在日本留过学，深受日本文化影响，但是无疑会“憎恨日本”，憎恨这两个字斩钉截铁。

为什么蒋介石会憎恨日本，美国领事在给大使的报告中并没有详细说明，只是根据语调，相信自己的判断绝对准确，是有可靠的情报支撑的。从地缘政治上看，中国人仇恨日本人显而易见，甲午割岛之恨记忆犹新，然而对俄国的态度，按说也不应该好到哪里，毕竟老毛子从中国版图上，割去了更多的宝贵领土。蒋介石“曾在俄国待过一年”，不能说明任何问题，不足以证明他就应该亲俄，事实上，蒋在日本待过的时间更长。

一九二九年以后的中国，究竟会怎样发展，美国人其实真看不透。在南京的美国女作家赛珍珠对蒋介石就喜欢不起来，她看到了一个大搞拆迁的国民政府，好大喜功追逐时髦，新的首都计划正在改变南京，南京这个城市正在向国际化大都市看齐。未来几年的快速发展，足以让世界惊叹，但是有一点美国人没看走眼，那就是这个国家很不太平，民不聊生，而蒋介石个人的权力欲望又太强烈。美国人相信，蒋举足轻重的地位，并不能代表他就能把贫穷落后的中国，顺利地带入现代化，说到底，蒋介石既是“温和派和自由主义者之间的关键角色”，还是一个独裁者，或者说是一个独裁的向往者，他本身就是中国政局最不确定的因素之一。事实上，无论向左还是向右，这个国家都离真正的强大还有很长距离。

二〇一五年二月六日　河西

不重要的谭延闿

一九二一年，上海塘山路东头寓所，韬光养晦的谭延闿先生，正在一遍遍临《麻姑碑》。根据他弟弟谭泽闿描述，这位未来南京国民政府名义上的最高元首，第一任的行政院长，平生共临写颜真卿的《麻姑碑》二百余遍。谭延闿的书法在民国时期名声很大，号称楷书第一。新旧两派都很看好这个人，有科举的功名，老派人眼里这很重要，又有老革命的资历，当过好几任的湖南都督，省长督军都干过。

俗话说，成名也要趁早，要说岁数，谭延闿只不过比鲁迅大一岁，在一九二一年，四十不惑的鲁迅靠几个小短篇刚有点小名声，第一本小说集《呐喊》还未出版，此时的谭延闿已经在考虑退隐江湖。提起此马来头大，往前看，谭延闿点过翰林，一生都在与时俱进。大清想改革，是立宪派的重要人物。辛亥鼎革，又成为革命元老。每逢历史关头，或多或少都能见到他的身影，二次革命，倒袁，提出了“湘事还之湘人”的口号。再往后，追随孙中山，与汪精卫合作，跟蒋介石结盟，似乎永远也不曾落伍。

据说连孙中山都想跟谭延闿作连襟，让自己的小姨子宋美龄嫁给他，如果真这样，仿佛鲁迅与许广平的故事，谭延闿大鲁迅一岁，宋美龄也大许广平一岁，还真能成为另外一番佳话。与谭延闿相比，后来叱咤风云的蒋介石，当时还是个微不足道的小角色。然而谭延闿一生的成功，更多的不是进取，而是十分巧妙的后退，是以退为攻。

一九二一年是中国历史上非常重要的年份，这一年，共产党诞生了。作为一个喜欢阅读闲书的人，我对共产党的诞生有着浓厚兴趣，有许多想不明白。想不明白是我们乐意多读书的一个重要理由，譬如当时非常重要的一些人物，并没有参加共产党的第一次代表大会，像李大钊，像陈独秀，像蔡和森，这些人不约而同都是派年轻的“代表”参加，一大的十三名代表中的张国焘，还有陈公博和毛泽东，都是最好例子。没有参会的陈独秀被选为总书记，这个领导人选，开会前有过多次讨论，结果也简单，一定会选个相对重要的人物。

事实上，当时很多社会名流都对共产主义有过兴趣，孙中山和蒋介石就很认真地研究过。又譬如戴季陶，蒋介石那位把兄弟，蒋纬国的生父，最初的《中国共产党纲领》就是这人起草的。然而戴季陶不愿意成为中共的领导人，因为他所追随的孙中山不赞成。与谭延闿一样，戴季陶喜欢后退，也属于那种天生应该进政协的人，总是有意无意地让自己的重要，变得不重要。他们身处乱世，才华过人，注定会有一番作为，很轻易地就获得了名声。能够干实事，又相当收敛，并没有太大的野心，既不是陈胜吴广，更不是项羽刘邦。

一九二七年，国民政府在南京成立，实行五权分立，所谓五权是指行政、立法、考试、监察、司法，谭延闿携手戴季陶，分别担当首任行政和考试院长。戴季陶干了二十年的考试院长，也就是个摆设，干不干活都一样。行政院长相当于日理万机的国家总理，不能玩虚的，谭延闿干不了，因此很快就让贤，专心当他的国府主席。

国民政府成立之初，南京的美国领事很关心茫茫中国会往何处去，在描述谭延闿对美国的态度时，用了两个字“友好”，为什么是友好，没有进一步说明，只有一句补充，说他“除日本之外，对他国均友好”。提到蒋介石的才智，美国领事评价是“非常高，是一个非常聪明的勇士，一名机敏的政治家”，而说起谭延闿的才智，给的分数却是最简单的“不明”。寥寥数语，淡淡几句话，把谭延闿这个重要人物的不重要性，全部揭示出来。谭延闿究其一生，究竟做成了什么大事，说不清楚，可是一生地位显赫，位极人臣，死后享受非常隆重的国葬。从玩政治的角度来说，在朝在野，谭延闿都可谓极度成功，他把自己的不重要玩到了极致。

一个人，不能把自己太不当人，又不能太把自己当人，这是很值得玩味的中国哲学。在这方面，蒋介石的心胸，汪精卫的气量，远不能和谭相比。谭延闿被誉为“药中甘草”，甘草并不名贵，素有“百药之王”之誉，有调和各种药材的功能，仿佛麻将牌中的百搭。他还有个诨号是“混世魔王”，我们说一个人会玩，其实就是说会混，对此谭也公开承认，人生难得糊涂，混也是一种境界，“混之用大矣哉”。

谭延闿的字光明正大，锋藏力透气格雄健，有一年我陪汪曾祺先生去中山陵，汪说了两个典故，一是他读中学，举行中国童子军大检阅仪式，亲眼看见担任检阅长的桂永清一路正步走，走上中山陵向蒋介石敬礼。一是指着“中国国民党葬总理孙先生于此”几个字，特别强调它们是原大，是直接手写，像这样的“擘窠”大字，一般人没功力根本写不了。

谭延闿墓离中山陵不远，随着岁月流逝，很多人不知道他是谁，都问这家伙何德何能，如何会有这么高的规格，都快赶上帝王陵。曾有过一种传闻，说谭墓前的各种石器，“祭台、石兽、经幢、华表等皆北平古物”，具体出处有些模糊，民间传闻是来自清代大臣肃顺的墓道，也就是那位死于慈禧之手、咸丰帝驾崩前受命的赞襄政务王大臣。事实究竟如何，有不少争论，考证文章也有过几篇，结论基本上已有，“北平古物”没有争议，只不过不是从肃顺的墓道上搬来的，而是圆明园的旧物。至于它们怎么转手，如何颠沛流离，最后迁徙到这里，就不得而知了。

二〇一五年二月十日　河西

考试院长戴季陶

戴季陶与胡适同年，属兔子，祖籍浙江，出生在四川。中国人喜欢拿名人说事，喜欢追根溯源，按过去的惯例，似乎籍贯更重要，譬如说到胡适，常常认为他是安徽人，说到沈尹默，认为他是浙江人。事实上，胡适出生于上海郊区，沈尹默出生于陕西汉阴，都是生于斯长于斯。

如果谈论同乡会，反正拉帮结派，拉有钱的有名的主，无所谓也较不了真，用不着太多商榷。如果真想了解一个人，光讨论祖籍就不合适，我没听过沈尹默说话，胡适的录音听过，有很浓重的上海腔。因此很多文章说戴季陶是浙江人，是蒋介石的把兄弟和老乡，我更愿意强调他是四川人。同样道理，胡适应该是上海人，沈尹默应该是陕西人。一方水土养一方人，人生中的生长环境，周围人的潜移默化，远比写在纸上的祖籍更重要。

戴季陶十四岁去日本留学，是法政大学的学生。这个法政大学与时俱进，专为中国人设置了“清朝留学生法政速成科”，具体什么课程说不清楚，反正人才济济，官费生自费生，大都和朝廷过不去。国民党中许多大佬都是它的毕业生，像汪精卫，像宋教仁，像胡汉民。近朱者赤，戴季陶跟这帮人混在一起，很容易就成了一名革命者，成为推翻清王朝的急先锋马前卒。一九一〇年，二十一岁的胡适才去美国留学，留学归来的戴季陶已在清政府的通缉下东躲西藏。

留日和留美形成两种不同文化，留美学生以胡适为代表，态度温和向往自由，常常光说不练。留日学生容易成为革命者，搞暗杀，扔炸弹，玩飞行集会，动不动来真格的。一九一二年，戴季陶写过一篇十分激烈的文章，大声疾呼：

> 熊希龄卖国，杀！唐绍仪愚民，杀！袁世凯专横，杀！章炳麟专权，杀！此四人者中华民国国民之公敌也。欲救中华民国之亡，非杀此四人不可。

四个该杀之人，袁大总统不算，其他三位基本上算文人。熊希龄科举出身，中华民国正选的第一任总理。唐绍仪是留美学生，中华民国临时政府的第一任总理。章太炎是老革命，国学大家，在日本待过好多年。这样声嘶力竭地喊“杀”，除了极端，就是幼稚，当然也可以说，极端就是幼稚。

戴季陶后来送给小自己十六岁的周佛海一副对联：困学乃足成仁，率真未必尽善。我一直觉得这是他的自况。先说困学，戴季陶年轻时最喜欢干的活是起草文件，平心而论，他肚子里还是有点学问，天生的秘书材料。当过孙中山大元帅府秘书长，当过国民党宣传部部长，当过黄埔军校第一任政治部主任。作为国父的大秘，中山先生一死，解释三民主义，他理所当然地成为权威。

除了不遗余力解释三民主义，戴季陶在共产主义的理论方面，一度也是很有贡献。戴季陶起草了最初的《中国共产党纲领》，说是共产党创始人之一绝不为过。可惜我对理论一向模糊，逻辑思维永远混乱，因为所以稍稍一绕，立刻晕头转向，对戴那套学说，对所谓的“戴季陶主义”，完全弄不明白。当然，戴季陶自己也未必真弄通了那些主义，他后来又成了反共专家，虽然是文人，一九四八年十二月，毛泽东宣布了国民党的四十三名战犯，戴排名第十六位，是这名单上第一个离世的人。战犯名单宣布一个多月后，他在广州仰药自尽。

困学不一定是坏事，胡适要大家“多研究些问题，少谈些主义”，戴季陶肯定不赞成这观点。“主义”是他的命根子，不管怎么说，他属于那种有点理想的人，人生观很坚定。他好像还信佛，喜欢说禅，虚的东西玩多了，把自己绕进去就很正常。其实戴季陶也明白，生逢乱世，“百万锦绣文章，终不如一枝毛瑟”，“举起左手打倒帝国主义”“举起右手打倒共产党”，空喊口号没有用。空喊和极端没什么差别，往好里说，是任性，是率真，永远到达不了至善的境界。都说好死不如歹活，失望透顶的戴季陶最后困学成仁，不愿意跟国民党一起败走台湾，想回四川养老，又明白这绝不可能。

国民党在南京得到江山后，戴季陶以进为退，干了二十年的考试院长。很长时间，我都不明白这考试院究竟干什么的。西方国家三权分立，国民政府觉得不够，行政、立法、司法三院之外，叠床架屋，又增加了考试和监察两院，这就好像增加了组织部和纪委。考试院的职责，是掌管国家人才的考选与任用，凡国家官员政府公职人员，各专业部门专业人员，都必须通过考试院考试选拔。名义上“为国举才”，体现公平和公正，然而也是说说而已，国民党玩“党天下”，靠的是中统和军统，人事制度自有一套，这考试院到底还是个花架子，说起来好听，摆在那好看，对党国真正能起的作用非常小。

一九四九年后，国民政府考试院旧址，成了南京市政府所在地。外地文化人来南京游玩，如果可能，我很乐意推荐两个景点，一是夫子庙的贡院，一是考试院旧址。参观贡院，可以知道封建时代十分辉煌的科举，最后如何没落，看了考试院，会明白如今有点时髦的“民国范儿”很不靠谱。民国说到底，没多少太平日子，北洋政府，国民政府，内战，抗日，又内战，打来打去，怎一个乱字了得。考察中国历史，有时候很伤感，所谓好日子，不过是太平而已。

上有天堂下有苏杭，不是苏杭有多好，而是说那里很少打仗。人生一世，不一定遭遇盛世，最好别碰上乱世。一打仗，困学也好率真也罢，再好的日子都到尽头。其实戴季陶真去了台湾，也没什么不好。戴季陶生于一八九一年一月六日，按阴历还在寅年，如果这样，他应该属虎。可惜一时找不到年谱，只能请专家来进一步订正。

二〇一五年二月二十五日　河西

蔡公时的意义

蔡公时先生生于一八八一年，我对这一年总是有着特殊记忆。这一年是鲁迅出生的年份，一个小说家对历史有兴趣，想起近现代史的人物，忍不住就要用自己熟悉的鲁迅为参照。譬如想到甲午海战，那一年鲁迅十三岁，一个十三岁的孩子会如何看待这场战争。又譬如到了辛亥革命，鲁迅正好三十岁，这一年，他又做了什么，岁数相仿的年轻人又怎么样。

甲午海战是中国近现代史上非常重要的一个节点，毫无疑义，十三岁的孩子弄不明白来龙去脉。对于鲁迅来说，祖父下狱，父亲病重，家道中落，他充分感受了世态炎凉。有关蔡公时青少年时的文字记录很少，能想象的就是这些十三岁的孩子，对日本的认识完全取决于周边人的态度，大人们会怎么议论，私塾老师会怎么说。

十年以后，蔡公时和鲁迅都到了日本，几乎同时进入弘文学院。这时候，他们已是二十岁出头的年轻人。弘文学院有点像日本人办的“新东方”，属于日语速成学校，或许留日学生太多的缘故，来自江西的蔡公时与来自浙江的鲁迅，并没有在这儿结识。一九二八年，蔡公时在济南取义成仁，鲁迅似乎也没留下任何文字，这非常遗憾，因为我们没办法知道他当时对这个重要事件的看法。

甲午中日之战改变了中国命运，让国人充分意识到自己的不足，意识到要打仗，光靠嘴狠是不行的，光靠生气也是不行的。战争有时候避免不了，打铁还需自身硬，这一仗的结果，是台湾割让了，大把的银子赔了。然而中日之间的对立情绪，还远没有后来那么严重。中日关系越来越坏，仇恨越来越深，变得你死我活，非要再打一场大战决定生死，那是后来的事。当年很多年轻人，对清政府未必有多少好感，对日本也谈不上恨之入骨。人心在思变，无论朝廷还是民间，都觉得应该虚心向日本学习，都觉得到日本去，能学到一些先进的东西。

留学日本是那个年代很亮丽的一道风景线，中国的革命党人，绝大多数都和日本有关，这里面不外乎两个原因，一是因为革命，反抗清政府，被迫流亡到了东洋，一是受流亡的革命者影响，在日本的青年学子纷纷参加同盟会。一般来说，与留学欧美的学生相比，留日的年轻人要激进很多。徐锡麟和秋瑾是留日学生，陈独秀和李大钊是留日的，汪精卫和蒋介石也是留日的。汪后来成了大汉奸，但是“引刀成一快，不负少年头”这两句诗大家都应该知道。

和鲁迅一样，蔡公时也是在日本参加了同盟会，要比较革命资历，贡献比鲁迅大得多。鲁迅只是普通的同盟会会员，用今天的话说，是一名革命群众。蔡公时是货真价实提着脑袋干，早在辛亥革命前，就追随黄兴参加钦廉之役，参加镇南关起义。辛亥革命军兴，留日的江西学生李烈钧成了江西都督，蔡公时是江西军政府交通司司长，此时的鲁迅只是绍兴县城一名中学教师。用比较通俗的话来形容，当时的蔡公时已当上局级干部，已经有了做官僚的资本。

从一九一二年到一九二六年，鲁迅当了十四年的科级小公务员，而这个阶段的蔡公时，一直追随孙中山。二次革命讨袁，亲至湖口前线作战。二次革命失败，被通缉，又流亡日本。护国运动，护法战争，蔡公时始终跟在孙中山后面，曾在广州的大元帅府给孙做过秘书，是孙中山弥留之际亲睹遗容并聆听遗言的几个国民党人之一，在元老中德高望重。拼资历，蔡公时比不上汪精卫，但起码要比后起之秀的蒋介石强。

到一九二八年，南方的国民政府北伐，国民革命军势如破竹，大胜北洋军阀，很快攻入济南。这时候，蒋介石手握军权，成为最有实力的第一号人物。自古两军对垒，都在淮海一带决战，逐鹿中原，谁赢，谁就可以得到天下。只要拿下徐州，攻入济南，继续挥师北上，平定北京指日可待。然而也就是在这个节骨眼上，日本人开始捣乱，在中国的领土上，借口要保护侨民，公开出兵占领济南。说起来真够窝火，本来只是中国人在内战，日本人非要横插一杠。从内心深处来说，日本不希望北伐成功，不希望中国统一，不愿意中国强大。不管是面对北洋军阀政权，还是面对南方革命政府，日本人首先考虑的是在华利益，是利益的最大化。

两军对垒，难免擦枪走火，北伐军的军歌是“打倒列强，除军阀”。一年前，国民革命军攻入南京，发生了北伐军人和当地流氓参与的暴力排外事件，造成各国外侨九死八伤，其中死者就包括一名日本人，日本领事馆也在事件中遭洗劫。结果导致英美军舰开火，日本海军陆战队遵照他们政府的训令，没有进行抗击，并拒绝参与英美的行动，而负责保卫领事馆的海军少尉荒木，感到未能完成护卫使命自责剖腹自杀。此事在日本引起巨大反响，一年后在济南，尽管国民革命军已经事先做了防范，要求严格约束部下，情况却变得完全不一样，日本人突然变得强硬起来，而且非常蛮横，说干就干，直接出兵干涉。

蔡公时临危受命，出任国民政府外交部山东交涉员，在刚接手工作的第二天，日军便持械进入交涉公署，置国际公法于不顾，蓄意撕毁国民政府的青天白日旗及孙中山画像，强行搜掠文件。为避免事态扩大，蔡公时据理力争，谴责日军破坏国际法，结果被捆绑的“各人之头面或敲击，或刺削”。蔡公时耳鼻均被割去，血流满面，临终前怒斥日军兽行，高呼“唯此国耻，何时可雪”。从此，这个殉难画面被定格，成为济南“五三惨案”中最为悲壮的一幕，它彻底颠覆了中日关系，而蔡公时与济南这个城市再也分不开。

事实上，由于此前签订的一系列不平等条约，发生在济南的中日冲突有其必然性。此次冲突，日方死亡军人达两百三十名，平民十六人，中国方面死亡高达三千人以上。十三年前，袁世凯在不得不签订卖国的《民四条约》以后，曾将签订条约的日期定为“国耻日”，民间老百姓弄不太清楚《民四条约》与《二十一条密约》的关系，只是一味抱怨不应该签订。《民四条约》给了日本人法理上的依据，它埋下了祸根，成为中日冲突不可避免的死结。济南惨案之后，蒋介石在日记中写道:“身受之耻，以五三为第一，倭寇与中华民族结不解之仇，亦由此而始也!”据说此后蒋的日记中，“雪耻”二字不断出现。很显然，济南惨案后果非常严重，甲午以来中国人遭受的耻辱记忆，被立刻唤醒，被迅速放大，中日双方的极端民族主义情绪，经此事件也变得不可调和，它其实就是此后的“九一八”事变、“一·二八”事变、长城抗战、七七卢沟桥事变、“八一三”淞沪抗战的先声。

蔡公时惨死是野蛮时代的一个见证，对后世有着永远的警示作用。公理何在，公法何在，是可忍，孰不可忍。在文明社会，很显然，公理和公法一旦缺失，人就有可能成为野兽。蔡公时本着一种和平意愿，以协商的态度，以谈判的方式，结果却是在济南殉职。他的死不只是中国民族的耻辱，也是日本民族的耻辱，同时是“正派人难以想象的”全人类的耻辱。蔡公时惨死给刚成立的南京新政权敲响警钟，让国民政府放弃了对日希望，丢掉了与其合作的幻想。与英美相比，日本才是更大的更危险的敌人。历史地看，小不忍则乱大谋，国民革命军并没有因为蔡公时的惨死，就匆匆与日军在济南决一死战，而是主动放弃济南，牺牲济南，忍辱负重绕道北上，最终完成了北伐大业。那年头，还不流行核心利益一词，然而很显然，对于当时的国民政府来说，完成北伐统一全国，就是最大的核心利益。

济南惨案在事后，中日双方都有过主动放大的企图，都在这件事上大做文章，都在宣传上极力渲染己方无辜与对方野蛮，双方民族情绪均经此事变被点燃。中国老百姓绝对不会想到，明明是我方吃了大亏的济南惨案，明明是蔡公时等被割耳，削鼻，尸体被焚烧，在日本国内竟然会激起反华的舆论浪潮。据当时南京国民政府驻日特派员殷汝耕报告:“此间关于济南消息日渐具体化。我军对日侨剥皮、割耳、挖眼、去势、活埋、下用火油烧杀、妇女裸体游行当众轮奸等事，日人言之凿凿，其所转载京津、伦敦、纽约各外报亦均对日同情，归咎于我。”面对这种恶意宣传，南京政府也意识到“用事实宣告全世界”的重要性，国民党上海党部立即成立了一个专事针对日本的国际宣传部门，用今天的话说，双方都在炒作济南事变，要让国际舆论站在自己一边。

江西同乡李烈钧把蔡公时称为“外交史上第一人”，国民政府要人纷纷题词纪念。于右任题词“国侮侵凌，而公惨死，此耳此鼻，此仇此耻。呜呼泰山之下血未止”，冯玉祥题词“誓雪国耻”，李宗仁题词“民族精神，千古卓绝”。蔡公时的血不会白流，对他的纪念在当年很隆重，为勿忘国耻铭记历史，一九二九年五月，山东省政府在泰安岱庙竖一石碑，四棱锥体形，上刻“济南五三惨案纪念碑”九字。济南建起一座“五三亭”，在时任省教育厅厅长何思源的提议下，当时山东省内各县几乎所有的公学都建立了纪念碑。

时至今日，尽管很多人可能已不知道，蔡公时纪念馆仍然是济南最重要的人文景点。作为一种历史记忆，它始终在提醒人们什么叫国耻。忘记过去意味着背叛，这句话的另一层含义，是必须要有一个准确的记录，要让真相昭告天下。不管怎么说，无论什么样理由，中日之战都是人类历史上的一场悲剧，都是文明社会的惨痛教训。重温历史不难发现，一九二八年济南惨案后的中日关系，从官方到民间，双方都存在着必须一战的心理，走向战争几乎完全不可避免，官方利用了民意，民意又绑架了官方。中方虽然一直处于守势，最重要原因不是不想打，而是国力太弱，内乱不止，知道自己暂时还打不过对方。事实上，自济南惨案开始，抗战时代已悄悄开始，战争机器已启动。有一种思路始终被鄙视，被唾弃，无论日本还是中国，主和的观点都会被认为是反动，违反了历史潮流，不符合主流民意。

现如今的济南蔡公时纪念堂，供奉着一尊烈士全身铜像，这是以陈嘉庚先生为代表的南洋各界同胞捐款铸造，一九三〇年的原物，历经了很多故事，直到七十多年后，才从遥远的南洋运到济南。早在一九二八年，徐悲鸿画过一幅《蔡公时被难图》，曾在福州展览，十分轰动，可惜战乱不断，原画不知所踪。当时国民政府要员的题词，也因为这样那样原因，手迹早已不复存在，如果保存下来，都是非常好的文物。最可惜的当然是烈士遗骸，蔡公时殉难，日本军为掩盖罪行，毁尸灭迹，将同时枪杀的十余人遗体进行焚烧。后人曾发现烧而未化的头骨四只，还有脚手骨和肉炭等，都是惨案中遇难的外交人员尸体，这些残骸被装入皮箱，寄存在南京国民政府外交部地下室。

一九三七年，中日全面开战，外交部撤退重庆，没将它带走。一九四六年还都南京，放地下室内的烈士遗骨已不见踪影。有传言说，遗骨被日军发现，为毁灭枪杀外交人员的证据而再度被毁。还有一种说法，国民政府仓促撤退，小偷光顾外交部地下室偷走皮箱，发现是一箱骨头，便把箱子丢弃路边或扔到了江中。

二〇一五年七月三日　河西

志同道合，契若金兰

光绪三十四年是一九〇八年，这一年，光绪皇帝三十七岁，生命已到尽头。大清朝的气数基本完了，再过三年，便是轰轰烈烈的辛亥革命。有人把中国封建时代的结束，归罪为取消科举，这话题有些突兀，也有些自说自话，但是肯定有它的道理。对于广大老百姓来说，科举从来都是唯一出路，万般皆下品，唯有读书高，就跟今天的高考一样，阳光大道也好，独木小桥也好，有它你可能会抱怨，没它还真有些麻烦。

应付科举也和高考一样，有什么样的科举，就有什么样的对策。譬如在唐朝，科目虽繁多，最看重的还是诗词歌赋，后人有一个“文起八代之衰”之说，然而谁都知道，因为朝廷看重诗赋，看重名人推荐，因此当时的学子，清一色文学青年，揣着自己诗集到处乱窜，到处拜码头见老爷子，李白李贺都这么干过。那些藏怀里的诗集又叫行卷，有关行卷的研究，程千帆老先生最有发言权。

又譬如在明清，绝对八股文的天下。喜欢不喜欢八股文是一回事，会不会八股文又是一回事。关于八股文，有种种非议种种不堪，不过说老实话，我还真有点喜欢八股。从相对公平的角度看，还是八股靠谱，毕竟这玩意有板有眼，很轻易看出好坏。唐人以诗赋取士，看走眼乃平常事，杜甫被后人称为诗圣，当年也就二本水平，或许连二本分数线都够不上。八股文的好处是比较容易操作，有法可依，有评判标准。还有书法的严格要求，要又黑又光又亮，我见过康有为的考卷，小楷规规矩矩，全无写大字的霸气。

楚王好细腰，宫中多饿死，上有所好，下必其焉。科举不是说取消就取消，也有个过程，要经过一系列改革。一八九八年开始考理科内容，加考经济特科，严禁凭楷法优劣定高下。记得最后一次科举殿试，谭延闿的文章便是谈西藏问题。对科举的挑战事实上早已开始，陈寅恪的父亲陈三立参加科举，就公然不写八股文，用的是散文体。还有一位叫柳诒徵的更不像话，干脆用篆字书写，简直是视科举为游戏。

废科举是个进步，这么做，显然更有利于官二代和富二代，毕竟进新式的大学，要出国留学，得有银子才行。规则改变了，新学开始流行，平民百姓最多只能跟着起起哄。当时有个说法，小学毕业相当童生，中学毕业便是举人，但凡家中有点余钱，都会让小孩去新学堂。也就是在这时候，苏州府所属三个县，一口气竟然合办了四十所小学。一九〇七年，草桥苏州公立中学开始招生，招了五六十号人，按考试成绩分成一二年级两班。有趣的是，虽然形式上分两个年级，最后毕业仍然还是同一天。

我祖父是草桥中学第一期的学生，过去常听家人说起他当时的同学，有顾颉刚，有王伯祥，还有吴湖帆，都是有头有脸的人物，好像随便扯个出来都能是个角儿。事实上，这批学生毕业，已是一九一二年的一月，这时候，大清不复存在，已经是民国，所谓中学毕业相当于举人身份，完全是一句笑话。这时候，不要说举人，就算是赐同进士出身又怎么样。祖父他们这一代人能够有幸成材，草桥中学的这段历史固然重要，后来的用功也不可抹杀。说到底，一个良好开始，未必就一定会有辉煌结局。

同学少年多不贱，五陵衣马自轻肥，一百多年前，中学刚毕业那阵，未能继续上大学的祖父，心情一定会有些压抑，难免羡慕嫉妒恨。从草桥中学走出去，继续深造上大学是常事，他的同学有好多都去了北大。后来的一些好友，如朱自清，如俞平伯，也都是北大出身。祖父生前经常提醒我们，上不上大学并不重要，过去一直以为这么说，是因为他自己学历不过硬说气话，后来才明白，其实是在鼓励我们小辈。能上大学当然是好事，我高中毕业没大学可上，祖父希望我们不要因此荒废学业，后来有机会上了大学，读了研究生，他又担心我会自满，不能老老实实做学问。

今年十二月到苏州参加会议，有位喜欢收藏的朋友给我看了一个图片，是祖父中学时代与同学袁封百的“金兰谱”。耳闻不如目睹，过去也经常听说，武侠小说上似乎瞄过一两眼，基本上没往心上去。这次却完全不一样，看了以后，觉得很好玩，真的很好玩，立刻有要与读者一起分享的念头。大家可以看实物图片，为便于阅读，我把上面文字抄点下来，先抄中间这一段：

> 以意气相投而结为异姓兄弟者，古时常有之。然求其始终如一，安乐相共，危难相济者已百无二三，况进此者乎。后世之风，更趋于下，每邂逅相遇，倾心一谈，遽结为兄弟。安知其所言非虚乎。以致初则亲如骨肉，后则疏若路人，始也刎颈，终致切齿。观晏平仲久而敬之之句，得无赧赧乎。

袁君与余同学已二年，各人意气相投，因而结为异姓手足，非邂逅相遇而结为兄弟者可比。以道义相交，以学问相友，深耻若辈所为。爰各作盟誓，以各示己志，始得始终如一，不致首鼠两端，以贻人笑。议其誓曰：

道义相交，学问相友。有侮共御，有过相规。富贵共之，贫贱同之。终始守恃，弗背弗忘。谓予不信，有如河汉。

写这段文字时，祖父才十四岁，也就是光绪三十四年，公元一九〇八年。如果说有点精彩，不是文字好，恰恰是因为难得的稚嫩。孩子气的稚嫩才有意思，一旦沾上了历史包浆就是珍贵的文物。祖父在我们心目中，始终都是正人君子，形象严肃认真，现在看到这份金兰谱，不禁哑然失笑，原来早在小时候，他老人家就有些一本正经。在当年，这样的金兰谱，也许很像前些年我女儿刚读中学时的圣诞卡片，上面写着流行的励志或者抒情歌词。我猜想如果没有名额限制，论交情，论志同道合，祖父更可能还与顾颉刚和王伯祥交换过金兰谱。否则便会让人想不太明白，同学之中，顾颉刚大一岁，王伯祥大四岁，为什么偏偏只和比祖父大七岁的袁封百结为“异姓手足”呢。

不管怎么说，小孩子的话用不着太当真。在我伯父写的那本厚厚的祖父传记上，甚至都没提到这位袁封百先生。少年不识愁滋味，为赋新词强说愁，从草桥中学毕业，袁去了北京大学，然后就在东吴大学教书，擅长书法篆刻，与画家吴湖帆交往颇多。袁家是世家，顾颉刚和俞平伯的家世都很有来头，和他们相比，出于平民百姓之家的祖父根本没钱去念大学，他是完全靠自学成才。

志同道合，契若金兰，金兰谱的格式很有意思，不看实物不知道，看了恍然大悟。最有意思的当然还是前面的自我介绍，如实填写交代家族四代人的姓名，祖父的父亲竟然娶过三个妻子。我们只知道有个与祖父一样长寿的姑奶奶，不知道祖父还有早年过世的胞兄和胞妹。

除了这个金兰谱，袁家还保存着当时互相送的照片，照片背后有祖父的题字：

> 同学经年，意气相投，蒙不弃结为兄弟，无有为信，聊以小影表微情。封百兄收存，至若家世里居，盟誓之言，则详于兰谱不赘。如弟叶绍钧持赠。

二〇一五年十二月二十日　河西

死生契阔，与子成说

一九三七年八月十三日，中日在上海开战。日本人飞机很快光顾南京，炸弹乱扔，老百姓损失惨重，到处狼藉。一颗炸弹掉进第一模范监狱，屋顶炸飞了，正在服刑的陈独秀躲在桌下，逃过一劫。监狱桌子很结实，居然可以防空，也说明日本炸弹还不怎么样。

现如今的中学生，绝大多数不知道陈独秀何许人，不像我们读书那会，死记硬背党的路线斗争。你可能会不知道爷爷奶奶名字，不会不知道陈独秀和王明。作为中国共产党最初的大佬，此时的陈穷途末路，国民政府不当回事，延安的共产党也不当回事。当时金陵女子大学的中文系主任陈中凡先生有些担心，他是陈独秀的学生，师恩难忘，专程跑去看望老师，又联系胡适等名流，希望能够保释。

国家到了这样的紧急关头，国民政府落得顺水人情，示意“只要本人具悔过书，立即释放”。陈独秀闻之大怒，说宁愿炸死在牢里，也不服软低头，用他的原话就是“实无过可悔”。老人家脾气倔，故意让政府为难，确实有些为难，然而大敌当前，犯不着过多计较。你不悔过认错，政府可以故作宽大，假设已经认罪，八月二十一日，原本判处八年徒刑的陈独秀，服刑三年后，被下令减刑，《中央日报》上有报道：

> 国府明令，陈独秀减刑。

陈独秀被释放是八月二十三日，淞沪开战的第十天。前去迎接出狱的除了家人，还有丁默邨，电影《色戒》中梁朝伟扮演的那位狠角色。丁是中统局处长，希望陈独秀住中央党部招待所，陈一口拒绝。结果呢，住傅斯年家，很快又去陈中凡家，一住半个月，然后加入逃难大军，离开越来越危险的南京。与陈中凡一样，傅斯年也是陈独秀的学生，他是北京大学教授，中央研究院历史语言研究所所长。

我所以特别关心当时的南京，会写一部《一九三七年的爱情》长篇小说，与陈中凡先生有点间接关系。说来荒唐，一九八二年大学毕业前，陈先生过世了，作为中文系学生，我们赶去火葬场送别。活人没见，死人见过这么一面。他老人家岁数太大，虽然大名鼎鼎古典文学的一级教授，从没给我们上过课。第二年，我考取叶子铭先生的研究生，攻读现代文学，叶是众所周知的茅盾专家，最喜欢讲茅盾的故事，据说茅对自己有记不清楚的地方，就写信向他求救。叶老师还告诉我，他其实是陈中凡的研究生，致力古典文学，当年研究方向是苏东坡，后来阴差阳错，才改成研究现代文学，因此从师承来讲，陈中凡是我师父的师父。

叶子铭老师做学问，受导师影响，讲究读死书，死读书，他对我们的要求无非是多读。这让人受益匪浅，我本来就喜欢读书，读研期间，研究的是现代文学，治学方法不无古典，旧报纸旧期刊阅读无数。有段日子泡图书馆，看什么记不真切，能想起来的是脚冷，非常冷。过期报刊都藏在朝北房间，每当我看见陈中凡的名字，忍不住会心一笑，仿佛见到老熟人。现在想起来，总觉得冥冥之中有暗示，陈中凡作为陈独秀学生，学问上基本没继承。叶子铭作为陈中凡弟子，也几乎没关系。我呢，更是不肖子弟，干脆连学问都不再继续。

扯得有些远，还是赶紧回到一九三七年的南京，这段日子，也就是陈独秀刚出狱那几天，我军还处于攻势，报纸上天天好消息。前方将士流血牺牲，胜利指日可待。一般民众处在盲目乐观状态之中，“战端一开，那就地无分南北，人无分老幼，无论何人皆有守土抗战之责任”，“和平既然绝望，只有抗战到底”，大家都没体会到这些口号中包含的悲壮，没想到潜在危险。报纸上的文字很奇葩，“蒋委员长严令申儆”，“禁止非防空人员枪击敌机”。国难当头，发生任何事都可能，甚至还出过一篇“征婚救难”的文章：

> 昨阅上海某报，看见有一位女士发起“征婚救难”的消息，这真是一条崭新而有趣味的新闻，亟为转录事实，以告读者。
>
> 这位女士是河北新河县人，年在二十岁左右，芳名郭余名，现任上海新民小学教员，近因鉴于平津被敌蹂躏，为救济遭难同乡，特自动的来发起这“征婚救难”的办法，应征者须缴纳费五元，而且要能真爱国，真能为国牺牲者为标准。将来就用这笔应征费专以收养这次遭难而流亡的同乡。昨天上海有一位记者去采访过她，

曾向她要一张照片，结果没有成功，据她说一切办法，俟河北旅沪同乡会决定后，即在各报刊上登广告，那时她的照片当然也要附刊着。读者不妨暂时等着，过几天留心在上海的广告栏里瞻仰她的芳容。

南京夏天很热，一九三七年八月的首都，最火热的话题莫过于与日作战。按惯例，达官贵人应该去庐山避暑，那里是国民政府的“夏都”，然而仗已经打起来，不能再去清凉。一时间中央大员云集，都从庐山飞回来，封疆大吏也纷纷来南京共商国是。由田汉执笔的《卢沟桥》开始公演，差不多同一时间，上海排演了《保卫卢沟桥》，清一色名角参加，有周璇，有王人美，有金山，还有赵丹，南京的《卢沟桥》演员阵容没法与上海比拼，便出奇招用业余演员，邀请了上海的胡萍和王莹，其他让业余演员客串，每天演两场，场场爆满。

事实上，局势也是一张一弛，一度“和平空气笼罩，各地劳军运动之热烈情绪，顿形减低，以至几个中学生所发起之五万条毛巾运动，仅收到四十九条，离指定数目相差甚远”。这期间南京城里发生太多故事，常常虎头蛇尾，譬如《卢沟桥》演得足够火爆，总觉得还不尽兴。此时的国民政府，嘴上吆喝着“不留一个傀儡种子”，但对战争究竟会发展到哪一步，仍然把握不准，是战是和两可之间，对田汉的《卢沟桥》态度很暧昧，一会支持，一会反对。

情况一直在恶化，比大家想的更要糟糕。战争不断升级，敌机狂轰滥炸，到十二月四日，连续轰炸共计一百一十一次。淞沪战场一寸山河一寸血，和平希望越来越渺茫。政府机关开始撤离，有点身份的人都走了，有钱人走了，有名的人走了，大学走了，好的中学也走了，留下最普通的老百姓，老人、孩子、妇女，还有那些前线退下来的军队。看那段日子的报纸，心头一阵阵抽紧，好消息让人不敢相信，一看就知道是宣传，在掩盖真相，坏消息句句属实。一页页翻报纸，仿佛都能听到日本军队一步步逼过来的脚步声。

念念不忘无意中看到的一条广告，整整一版，只剩下这么一条，其他全是战况报道：

梁章棣、张文卿结婚启事：我俩已于民国二十六年八月三十日在南京中正路三三四号举行结婚，时值国难时期，一切从简，所有亲朋诸希谅宥。

大时代的小人物命运向来不重要，残酷的战争机器面前，爱情算什么，婚约又算什么。多少年来，总是会忍不住想象，“启事”中的那对男女，后来会怎么样，会有一些什么故事。“死生契阔，与子成说。执子之手，与子偕老”，这几句诗本义一直存在争议，究竟描写士兵基情，还是表达男女爱情。争议往往是学问的一部分，我不喜欢钻牛角尖，内心来讲还是图省事，觉得更合适爱情。有时候，譬如一九三七年的危城南京，你会发现很难找到更好的词来形容。

二〇一五年十二月三十日　河西

圆霖法师的回忆

我对佛法一窍不通，这是门很深的学问，始终敬而远之。读旧书常会遇到“妄谈禅”三个字，知之为知之，不知道就是不知道，因此总是提醒自己，虚心使人进步，低调是一种美德。见了菩萨要先磕头，这是表达敬意，我虽然不懂佛教，无缘进入法门，但是敬仰几位修行的法师，也见过一些很好的和尚，他们给我的基本印象，都是认真，都是不打诳。大家都习惯用俗世的目光打量那些信佛的人，习惯以小人之心，度君子之腹，其实我们什么也不知道。

我的祖父很喜欢李叔同，受他影响，父亲经常会跟我讲弘一法师。父亲的唠叨无非两个意思：第一，法师是特殊材料做成的人，干什么都出色，都是第一流，绘画、写字、英文、国文、钢琴、填词、当和尚，他只要是做了，就一定要做好，做到最佳状态，第二，法师是最最认真的人，他的出色，究其原因也很简单，就是认真认真再认真。

祖父写过一篇《两法师》的文章，很容易找，有兴趣的人上网一搜就可以看到。在这篇文章中，记录了两个人的对话，写过一本《人生哲学》的李石岑向弘一法师请教人生，问他对这问题有何看法。李叔同很虔诚地回答："惭愧，没有研究，不能说什么。"一个学佛法的大师，对人生问题竟然不肯发表自己的看法，这很出乎大家的意料，甚至可以说是一个笑话。然而这就是祖父亲眼所见的弘一法师，看着他殷勤真挚的神情，你会觉得他不可能没说真话，你会觉得自己有这样的怀疑都是罪过。

在祖父的记忆中，弘一法师没有谈人生，可是另一位大师印光法师却对他们说了许多。弘一法师是印光法师的皈依弟子，对师父敬礼甚恭，屈膝拜伏，动作严谨而且安详。印光法师在佛教界的地位非常高，祖父对两位法师的心情都是敬，对弘一是敬而近，对印光是敬而远，他以非常恭敬的文字写道："弘一法师与印光法师并肩而坐，正是绝好的对比，一个是水样的秀美，飘逸，一个是山样的浑朴，凝重。"

我生也晚，自然无缘遭遇这样的大师，加上整个青少年时期都是“文化大革命”，对寺庙，对和尚尼姑，基本上是不正确的认识。一九八二年的一个春天，一位大学同学火车上结识了一位和尚，两人聊了起来。和尚说，你的面相很有佛缘，不妨到我的小庙里来看看。于是同学便拉着我一起去拜访，小庙叫兜率寺，在江浦老山的丛林中，现如今要去很方便，当年绝对不容易，骑自行车，摆渡过江，要翻山越岭，得大半天时间，去了，不在庙里住下是不行的。

这位和尚就是兜率寺的主持圆霖法师，见了我，也说面相有佛缘，说如果对佛学有兴趣，应该是很有前途。当时我正面临大学毕业，那年头，大学生青春气盛，牛得狠，对前途并不担心。况且他说的那个前途，差不多是要让人出家，这当然更不靠谱。圆霖法师说，修行最好是能够出家，不过你只要有心，在家当居士也是可以的。我不记得对他说了什么，反正有些心不在焉，胡乱敷衍。为了表示自己对佛学也有一知半解，随口提到了李叔同，一听到这三个字，圆霖法师顿时满脸红光，问我是如何知道弘一法师的，说这个人可了不得，能知道这样的高僧，太有缘了。

在今天，知道弘一法师的人太多了，在上世纪八十年代初期，年轻人大都不知道这人是谁。我只能回答说曾听祖父提起，又说李叔同的至交夏丏尊先生是我们家远亲。圆霖法师满脸红光的样子让我不知所措，显然是对李叔同非常敬仰，他实在太真诚了，跟这样的人敷衍你会感到心中不安。总之一句话，他的认真态度，让我想到了祖父文章中的弘一法师，而接下来他的喋喋不休，似乎就是印光法师的再现。我们一直是在听说教，他并不在乎听众是不是真心听讲，不厌其烦，不断地举例子。

圆霖法师喜欢书画，他的卧室就是画室，四壁皆字画，迎面一张很大的林散之作品，看内容，原来与林老也有交往。圆霖法师的字很有弘一法师的味道，很淳厚，我看了喜欢，开口问他要字，他就把刚写给弟子的一幅小字递给我看，说你先拿着这张吧，我待会再给你写。这事情后来没了下文，因为我们一直在听他说，除了吃饭睡觉，他始终都是在开导我们，写字的事搁在了一边。

这次会面，印象最深不是圆霖的字画，而是刚吃过就肚子饿，不管吃多少，一会便饥肠辘辘。这是非常奇怪的事，你可以说是庙里的食物不扛饿，总之，所有的注意力不知不觉地都集中到了自己胃上。我读过李叔同的断食日记，形容饿的感觉有“腹中如火焚”和“腹中熊熊然”，当时就想，我注定是个俗人，不说别的，就这一个“饿”字的门槛便迈不过去。坦白地说，我们完全是因为饿逃下山去，想不明白为什么会突然饿得这么夸张，这么忍无可忍。让人百思不得其解，一到山脚下，我们竟然就不饿了。

若干年以后，古鸡鸣寺重修，形神兼备的罗汉画像都是圆霖法师所绘。一位女居士听说我见过绘画的法师，非常激动，说人生有四个幸运，你已占据其三。有幸成为人，没当畜生，有幸成为男人，而不是做女人，有幸遇到明师，这是很了不得的缘分，圆霖法师是当代最出色的法师，在佛教界有着很高地位。十全十美只剩下最后一个，那就是有幸进入佛门，女居士的话让我感到惭愧，同时也没太往心上去。

又隔了若干年，我太太学会了开车，心里便琢磨周边可以去的地方，很自然地想到了兜率寺。于是开车过去，太太觉得这地方很美，很幽静，适合隐居，我便告诉她当年更美，更幽静，更适合隐居。当年没有通往山上的公路，连山门都没有，就几间破房子，柱子都是歪的，比现在要小很多很多。当然了，即便是到现在，兜率寺还是一座小庙，一点都不金碧辉煌，还是没有几位和尚，但是圆霖法师的名声早已传出去。坊间有徐悲鸿的马，齐白石的虾，圆霖法师的观音菩萨，他的名声之大完全出乎意料，据说有许多藏家和官员都喜欢他的字画。不少寺庙挂着他画的佛像，看到这些佛像，我心中不免一阵涟漪，情不自禁会想到当年的会面。

再次见到圆霖法师，老人家快九十岁，由于画名传开了，想见他一面并不容易。我远远地看着法师的寮房，门前挂着牌子，上面写着“师父休息”四个字，心里便不忍打扰。带着太太四处看，向她介绍这地方原来的样子，告诉她哪些字是圆霖法师写的，分析他的字与弘一法师的区别。盘桓许久，走着走着又绕回到圆霖法师的寮房前，师父休息的牌子还在，却看见不时有人进出。太太知道我非常想见法师，说人家不是照样进去，你干吗不试一试呢。

还是鼓不起这个勇气，我对太太说，算了，凡事都是缘，今天能来到这里，与圆霖法师隔墙相望，已经心满意足。这时候，一名老和尚从里面出来，太太便上去搭讪，说我先生二十多年前来过这里，与老主持有过交往，今天旧地重游，很想再见一见圆霖法师。老和尚说这还不简单，你们直接进去就是了。太太指了指门上的牌子，老和尚摇摇手，意思是说别理这个，进去吧。

圆霖法师居然还能记得我，他确实老了，完全不是二十多年前喋喋不休的模样。反应略显迟钝，说话要慢上半拍，很安静地坐在那里，慢吞吞地回应我的问候。我突然发现自己只是非常地想见圆霖法师，真见面了，却不知道说什么好，一时间，感到非常羞愧。穷巷唯秋萍，高僧独坐门，二十多年，法师还是那个法师，隐居在此山中，依然一尘不染，我再也不是当年的那个幼稚的学生，早已满头华发，一身尘土。

圆霖法师为我写了一张字，这是对当年许诺的一个了结。回去路上，既高兴，又若有所失，很想与太太讨论，如果真有缘进入法门，一直隐居此山之中，又会是一种什么样的人生。然而这话说不出口，我爱我的太太，我们在一起无怨无悔，事实上从未有过真正的出家念头，偶尔会想到隐居，想过几天与世隔绝的清静日子，也无非以退为进，一闲对百忙，自己依然还脱不了那个“俗”字。

二〇一二年六月一日　河西

辑三 * 怀旧，废墟上的徘徊

纪念柯明

大桌山房主人高欢半夜里发了一条长的短讯，两千多字，我早晨醒来，断断续续地看着，又拷贝到电脑上细读，读罢无限感慨。在遥远的美国，画画的柯明先生走了，享年九十二岁。柯明与高欢的父亲马得是同行同事，也是老朋友，是看着高欢长大的前辈。关于柯明，作为一个也是画画的小辈，高欢有很多话可以说，他的两千字手机短讯，在我看来还是太短了。

我父亲也认识柯明，他们的出身背景相似，一个官二代，一个文二代，年轻时都追求进步，都向往革命，都学艺，父亲学导演，柯明学绘画，都是肄业。他们的出身让他们有一种自信，读书最后有没有文凭无所谓，人活着得凭真本事。

父亲生前，常说要跟柯明要画。说老实话，直到现在，我都不知道家里有没有他的画。不是说我们家有很多名人字画，而是实在太乱了，找起来不容易。刚刚去翻了一下，天太热，立刻浑身大汗，为了不打乱文章思路，不再找了。反正凭他们的交情，讨一张画绝对不是什么难事。如果没记错，父亲八十年代初期编《方之作品选》，封面就是柯明设计。他是出版社美编，经常有打交道的机会。

柯明的故事在于并没有多少人知道他的画好，说起江苏画家，当然要数画院的那些老家伙，要说傅抱石、钱松喦、吕凤子，再年轻一些，特别是还活着的，人太多，究竟谁最好谁更好，基本上说不清楚，只能各取所需，讨论谁的价格高，谁现在最有钱更有钱。柯明在江苏画坛，属于另类的宗师，八十年代我所熟悉的一批年轻人，都喜欢他的画，都喜欢跟他玩，高欢之外，还有朱新建，还有原小民，还有汤国，岁数略大的还有速泰熙。我对绘画是外行，之所以觉得柯明的画好，显然是受一起玩的这些朋友影响，我不懂，我的朋友个个内行。

柯明就像高欢说的那样，“第一可敬的是为人，第二是他的才华，还有就是他的幽默”。不是所有的前辈都喜欢跟小辈玩，柯明喜欢玩照相，喜欢玩录音机，喜欢养鸟，是邓丽君的忠实粉丝，也愿意跟年轻人交流。记得有一次在原小民的南京日报办公室，柯明，还有高欢和原小民，三个人轮番向我推荐当时刚出现的傻瓜相机，怎么好怎么好，就像苹果手机刚风行一样。谈话过程中，柯明一直在玩那个小相机，这玩意不像今天的数码机，里面没装胶卷，只能噼里啪啦地空拍，他拿着那个空傻瓜机不停地给我拍照，真所谓马齿徒长而童心依然。

很长一段时间，柯明住在我的后楼，我们不在一个出版社，属于同一系统，经常见面，经常打招呼。这是他在国内的最后住所，两室一厅，依现在标准无疑太简陋。不过当时也很正常，出版社已是福利好的单位，再熬几年，肯定还能分配更大的房子，毕竟柯明资历在那，应该算出版社的老前辈。当时就知道他一门心思想出国，年轻人想出国无可厚非，像他这样即将退休的老家伙，也把出国当作追求，可以说不多见。

结果真的出国了，不容易，起码在当年不容易。童心又一次起作用，到美国会怎样，未来日子如何，虽然有过纠结，烦不了那么许多，去了再说，走一步是一步。新世界吸引力巨大，未知的事情才有趣，作为一个玩画的，柯明有过不错的各种俗名，中国美术家协会理事，出版了不止一本画册，江苏美术馆和中国美术馆举办过个人画展，有一群有出息的弟子，想在国内混好绰绰有余，然而他还是准备出去看看，准备到国外定居。

如果是国内平安退休的贪官，完全会是另外一个结局。外国银行存一大笔，买栋豪宅，子女先送出去，小三趁机扶正，或者大小老婆一起摆平搞定。这时候，才会体现美国的真正自由。这时候，才会发现社会主义原来不如资本主义。柯明只是个拿退休金去国外养老的中国老人，他的画，他的艺术趣味，跟美国佬没任何关系。出国前也没经历商业洗礼，连画商怎么回事都不清楚。和出国打拼深造的年轻艺术家不同，柯明世界观已形成，已到了人生的黄昏。不是谁都能成为齐白石，一把年纪开始革命开始变法，最后还能修成正果。条件不同环境不同，结果也会不相同。

一句话，柯明在美国的生活谈不上有多好，跟中国画家的暴富相比，说潦倒也不夸张。常会听到些比较负面的消息，传闻不一定确切，可是大家一致认为，他要是在国内定居，应该会比在国外更好。晚年的柯明住老年公寓，享受美国人福利。美国佬很死板，生活水准是固定的，数字化的，不能超过多少。刚开始，国内退休金远比不上美国的养老金，渐渐地，这边的退休金涨了，如果拿全额，那边总数就会超，换句话说，生活质量永远不能改变。

不仅如此，住老年公寓还不能卖画，对于一个画画的人来说，应该是件最难受的事情。过去很多年，我一直在做着这样的假设，因为没有画商，没有市场，柯明十分孤独地在老年公寓画画，远离世俗尘嚣，这种特殊经历，很可能造就了一位大师。人们整理遗物，突然发现一堆惊为天人的艺术作品，这是柯明先生留给后人的，中国的梵高和高更，竟然是在美国的老年公寓里。

二〇一四年七月十六日　河西

纪念傅惟慈

上世纪八十年代出国热潮下，熟悉的老同志中，一心想到国外去看看的，除了老画家柯明，还有翻译家傅惟慈先生。傅惟慈与柯明同年，也是今年逝世，九十二岁，能活到这把年纪，很不错了。

只知道傅惟慈是满人，他的家庭背景不太清楚，想来也不会太糟糕，一个能学会几门外语的人，不花点银子达不到那境界。我甚至不知道他是英文好，还是德文更好，在这一点上，很像翻译界的老前辈鲁迅。当然，傅惟慈名声最响的也就是翻译，选择作家眼光独到，我们都喜欢他看上的外国作家，顺带也喜欢上了他。

最初知道傅惟慈，是“文革”后期。他是我堂哥三午的好朋友，常在一起玩外国音乐，一起胡说八道。“文革”后期是个非常特殊的年代，这时候，极左是大背景，没文化是总趋势，然而总会有那么一小撮人，沉浸在自己的小圈子里自娱自乐。傅惟慈当年的标签就是“翻译过托马斯·曼的《布登勃洛克一家》”，这也是人生中得意的一笔，翻译这本书时，他不过三十多岁。

我最初的世界文学知识与傅先生有关，那时候高中刚毕业，待业在家无事可干，成天看外国小说。他知道的很多，就给我和三午布置题目，让我们写出自己最喜欢的一百本外国小说。这样的题目搁今天，一点意义都没有，在一九七四年，在一九七五年，应该说还是有相当难度，那年头，看过一百本世界文学名著的年轻人并不多，毕竟我只是个十七岁的文学少年。

开始凑数字列排行榜，前五十本书最容易，争议也最大。傅惟慈兴致勃勃参加讨论，以内行的语气开导我们。玩外国音乐转录磁带，转录过程中会有大量聊天时间。印象中，傅惟慈谈吐中从不掩饰对西方世界的向往。“文革”是个十分压抑的年代，极度不自由，可是阻拦不了心灵自由。黑幕下也会有与世隔绝的桃花源，当时的傅惟慈在我看来，很像陶渊明笔下的五柳先生，活在“文革”中却与世隔绝，内心世界早已充分自由化了。

“文革”一结束，傅惟慈迫不及待地要往国外跑，柯明先生当年出国还有些犹豫，他除了用迫不及待来形容，再也找不到别的词汇。书生老去机会方来，不抓紧不行。最初的机会是到国外讲中国当代文学，七十年代末八十年代初，文学虽然火爆，就品质而言，能入法眼的作品很少，但是只要能出国，能出去见识见识，让他讲什么都行。我堂哥三午羡慕得不行，说这家伙终于跑了，美梦终于成真。他从三午那拿了一叠不齐全的《小说月报》，到飞机上去准备讲义了。

不难想象，出国会给傅惟慈带来多大欢乐。一个搞外国文学的教书匠，都快退休了，竟然还没有出过国开过洋荤。理想照进了现实，在三午看来，傅惟慈绝对向往资本主义，是一个幻想过资产阶级灯红酒绿生活的人。他曾悄悄地对三午说，已到这把年纪，只要能出去，出去一天是一天，快活一天是一天，多待一天是一天。

这以后，傅惟慈常往国外跑，他没有选择像柯明那样，一去不返。他在国外讲学，住集体宿舍，拜访心仪的作家，始终像个老顽童。因为语言优势，他更适合待在国外，不过大家显然没看准，显然误会了他。三午死于一九八八年冬天，年仅四十六岁，生前很怀念与傅惟慈一起的悠闲日子，想当年，只要有好曲子好版本，打电话通知，他一得到消息，立刻风风火火地骑车子赶过来。见不到傅惟慈，三午就在背后抱怨，说他忘了老朋友，说他现在不知道在哪个资本主义国家快活呢。

傅惟慈是一个在不同的时代，都能够做出正确选择的高人。解放前夕，选择了革命。令人压抑的五十年代，选择了托马斯·曼。让人无话可说的“文革”，选择了逃避和外国音乐。粉碎“四人帮”，选择了出国，然后又选择了留在国内养老。一句话，和别人相比，和差不多经历的人对照，傅惟慈的人生虽然没有激烈对抗，却总能快乐和幸福。

大约是在一九七五年，三午带我去过傅惟慈家。大谈文学，他很喜欢三午的诗人气质，喜欢三午对文学的热爱，觉得三午很有写作才华。说自己年轻时也想过要当作家，终究是时代太不适合，他的性格和才华也不匹配。当年一起聊天，他和三午一致认为，在那个年代，在“文革”的沙漠中，文学也就说说而已，中国肯定不会出作家。傅惟慈不会想到，当然三午也不会想到，他们身边那个十多岁的文学少年，后来竟然成了一名作家。

几年前，译林出版社让我为蒂姆·拉瑟特的《父亲的智慧》写几句话，传了电子版译文过来，觉得非常好，很认真地作了序。当时不知道这书是傅惟慈翻译，出版社编辑根本没提。在我心目中，他是翻译界的大腕大拿，不会把兴趣转移到心灵鸡汤上。说老实话，刚看到介绍，曾产生过应该拒绝的念头，可是内容完全吸引了我，当然，译笔也非常漂亮。

如果知道这书是傅惟慈翻译，序中一定会很隆重地提一笔，一定会把多年来对他的敬重写进去。文学上，傅惟慈无意中给了我父亲一样的教诲，曾潜移默化影响过我，有着深深的启蒙意义。对我来说，这是一次非常遗憾的擦肩而过，很懊悔，为什么不多问一句呢。

二〇一四年七月十八日　河西

怀旧，废墟上的徘徊

人之本性，难免喜新厌旧，怀旧却会有别样风光，会很时髦，会显得很有文化。十多年前，南京大学文学院长董健老师曾经非常认真地问我，《南京人》中提到的那位老先生是谁，说这老先生的话很有道理，一针见血。弄得我很不好意思，《南京人》是我的一本旧书，他问的这番话是小说家笔法，是我伪造的，所谓老先生并不存在。董健老师很失望，做学问的人总是严谨，他向我打听出处，大概也是想在文章中引用，听我这么一说，只能叹气摇头。

我编造的这番话是什么呢，为什么董健老师会感兴趣。在《南京人》这本书中，我提到了民国年间有位老先生，说北京是个官场，就看谁官大，上海是个洋场，就看谁钱多，因此要做官，必须去北京，要挣钱，必须去上海，南京这地方什么都没有，做不了官挣不上钱，只能退求其次，老老实实做学问。老先生是文学加工的产物，结果董健老师信以为真，很多南京人也引起了共鸣。常常有人当面夸我，说这话有道理，说到了节骨眼上，说出了南京人的性格特点。有些在官场上混得不得意的人，甚至因为这番话，要与我结交，要跟我一起喝酒。

多少年来，作为一名小说家，我一直以偏重怀旧被读者所认同。不知不觉就成了遗老遗少，你还是一个不折不扣的青年作家，已有人写文章将你归类老作家老夫子行列。浑水摸鱼的怀旧让人多少占了些便宜，当然，有时也吃亏，毕竟老了会有过气之嫌。谁道人生无再少，门前流水尚能西，休将白发唱黄鸡，怀旧可以用来励志，励志不等于得志，仅靠怀旧在文坛上打拼，显然没太大出息，也不可能会有更好的出路，俗话说，老而不死是为贼，一味怀旧，注定死路一条。

小说家怀旧与史学家不一样，小说家可以想象，可以合理想象，甚至可以不合理想象。只要说得好，胡说八道并没有太大关系。小说家们虚构人物，设计好故事，在史家眼里是一堆幼稚笑话，错误百出漏洞无数。但是大家目的并无二致，都是温故而知新，就好像世界上没有无缘无故的爱，小说家也好，史学家也好，很少无缘无故地去怀旧。区别就在于方法不同，手段各异，真实标准不一样。

怀旧可以而且应该成为小说家手中的利器，如何利用怀旧，怎么利用怀旧，有很多学问可以做。作为一名小说家，我想不妨思考两个问题。第一，你为什么要怀旧。简单地为怀旧而怀旧，显然会有创作上的风险，小说家的怀旧总是别有用心，怀旧必须要有情怀，要有理想，要有最起码的人文关怀。第二，必须告诉读者，小说中的怀旧往往是虚构，文学的真实从来就不等同于历史的真实。换句话说，民国年间南京有没有那么一位老先生不重要，原话是否如此也不重要，重要的是能不能接近真相。我的关于南京人的性格描写，显然带有理想成分，也就是说希望南京人是那样，我只是写出了自己心目中的南京人。

事实上，我们都明白那些最基本的道理，都知道天下乌鸦一般黑，都知道真相并没有那么美好，南京人与北京人、上海人并没有那么大差异。现实是残酷的，很难让人满意，哪儿的人都想当官，哪儿的人都想挣钱，陶渊明笔下的五柳先生说到底还是个文学人物，无怀氏之民欤？葛天氏之民欤？如果我们真相信五柳先生们确实存在，那也太天真了。理想和现实之间总是会有些差距，古人衔觞赋诗，只不过是为了以乐其志，也只能以乐其志，这一点，一千多年前的陶渊明先生早已经说得很清楚。

南京夫子庙的秦淮河边有个桃叶渡，说起来，也是一著名去处，有历史有来头。喜欢书法的人都知道，东晋时大书法家王羲之儿子叫王献之，字写得比他爹还好，这个王献之风流倜傥，有位爱妾叫桃叶，住在河对岸，他常常亲自在渡口迎送，并为之作了首《桃叶歌》：

桃叶复桃叶，渡江不用楫，
但渡无所苦，我自迎接汝。
桃叶复桃叶，渡江不待橹，
风波了无常，没命江南渡。

历史上的传说往往不靠谱，不知猴年马月，有好事的人怀旧，在秦淮河边竖了一块石碑，基本上就把一千六百多年前的故事给落实了。三人成虎众口铄金，都这么说，大家也就深信不疑，都相信桃叶渡就在秦淮河边。明朝有位诗人叫沈愚，觉得这事不能这样以讹传讹，下功夫去考证，得出桃叶渡绝不可能在秦淮河的结论，确切地点应该是在长江北岸的“桃叶山”下，那里的古渡口才是原址所在，因此也写了一首诗：

世间古迹杜撰多，离奇莫过江变河。
花神应怜桃叶痴，夜渡大江披绿蓑。

沈愚搁在历史上没名气，这首修正考订桃叶渡的小诗，自然没什么影响，知道的人也不多。结果就是，同样是怀旧，大家对真相都不感兴趣，王献之《桃叶歌》中明明白白写着渡江，短短一首诗中有三个“江”字，却非要视而不见，认定桃叶渡就在秦淮河边，就在今天大家都错误认定的那个地方。这说明什么呢，说明在怀旧中，真假有时候并不重要，将错就错也没什么大不了。我们为什么会这样选择，这样的选择又会有什么样后果，这才是最重要的。选择性的怀旧完全有可能塑造出一个新的城市形象，毫无疑问，南京是一个滨江城市，然而它的城市建设，有意无意地总是沿着秦淮河在展开。多少年来，长江沿岸基本上都是破烂不堪，人们总是有意无意地避开江边，始终保持着适当的距离。滚滚长江显得有些宽大，好像小桥流水才更适合南京，“夜泊秦淮近酒家”成为这个城市最好的写照，醉生梦死灯红酒绿，很自然地就成为标签，结果便是，像刘禹锡这样的大诗人，完全可以不用亲临南京，完全可以不用体验生活，就能轻而易举地写出脍炙人口的《金陵五题》。刘禹锡在这五首小诗前面有自序说明，强调自己并没到过南京，他的怀旧基本上就是凭空捏造。

桃叶渡与南京的关系大可一说，事实上，它不只是一个文人与爱妾的八卦，而且与这座城市的命运息息相关。一种风流吾最爱，六朝人物晚唐诗，南京人喜欢说六朝古都，所谓古，也是怀旧的意思。可惜这个旧太遥远，说来说去，都是些不靠谱的传闻。南京几乎找不到什么货真价实的六朝文物，原因同样可以从桃叶渡说起。当然，这个桃叶渡不是秦淮河边那个伪造的假古董，而是长江对面的桃叶山古渡，想当年，隋炀帝杨广曾在此练兵。那时候的杨广年轻有为，还没被封为太子，他在桃叶山下秣马厉兵，目的就是为了消灭南朝。结果大家也都知道，在桃叶渡那端，杨广虎视眈眈地做着准备，而在大江这边，陈后主仍然在醉生梦死，“妖姬脸似花含露，玉树流光照后庭”。很快隋兵渡江，六朝灰飞烟灭。“天子龙沉景阳井，谁歌《玉树后庭花》”，隋文帝下令杨广将南京这个城池给废了，于是该烧的烧，该毁的毁，这也是为什么南京这个古城很难见到六朝文物的真实原因。很长一段时间，南京真的就这么被毁了，它归镇江所管辖，城市地位大大下降。

一个城市繁华起来了，一个城市破落衰亡了，总会有这样那样的原因，怀旧的目的可能就是为了探索这些原因。南京的繁华是因为它曾经是古都，南京的破落衰亡也是因为它曾经是古都，繁华的原因同样可以成为萧条的原因。对桃叶渡遗址的怀旧，有助于我们用一种别样的眼光打量南京，我们回忆往事，徘徊在历史的废墟上，感慨六朝繁华，流连吴宫花草和晋代衣冠，说来说去，所有的怀旧和追古，结果还是为了抚今，为了讨论当下。事实也是这样，对于这座城市的凝视，如果我们的目光始终只盯着秦淮河，只是关心它的兴衰，只是在意它的发展，显然远远不够。

南京作为一座古城，承受了很多次浩劫，遭遇了一次又一次人为的厄运。如果说隋朝的故事太遥远，不妨说说比较接近的，譬如上世纪九十年代，距离今天也不过二十年，二十年算什么呢，弹指一挥间。那些年，南京出了一位臭名昭著的砍树市长，这位市长是林业大学的毕业生，对种树没兴趣，伐起木来却是一把好手，作为一名大权在握的城市父母官，他恶狠狠地砍去了许多树，理由非常简单，为了亮化这个城市，为了彰显繁荣的商业气氛。在这位市长的脑海里，一个现代化城市，首先应该是灯火通明，繁华就是灯红酒绿，繁华就是高楼大厦。

民国政府时期的南京，有一位叫傅焕光的先生，主持首都的园林工作。在他的指挥下，城市的马路两旁共栽了一万多株法国梧桐。七十年以后，这些参天的大梧桐成为地标，让南京成为一座引以为骄傲的绿色城市。可是在后来的这位砍树市长在位期间，在一个短短瞬间，说砍就砍了。“拔本垂泪，伤根沥血”，整个城市伤痕累累，真所谓顷刻间“生意尽矣”。有记者很认真地统计了，被砍去的梧桐多达三千多棵。在城市记忆中，这是非常惨痛的一次。它所产生的严重后果，对老百姓日常生活的伤害和影响，难以估量。

这位市长最终受到惩罚，被判处了死缓，与这次砍树毫无关系，只是因为贪污受贿。我们今天可以公开议论，数落他的不是，声讨他的过错，并不是这个人错误地砍了树，因为砍树罪有应得，而是因为他已经失势。如果说隋炀帝当年奉父之命，将南京城池毁尸灭迹是出于什么政治目的，是统治者一统江山的需要，那么今天这位利令智昏的砍树市长，除了愚蠢和无知，真不知道还能用什么样的词汇来形容。在这样一个愚蠢和无知的市长主政下，古城南京的城市现代化规划，其糟糕程度可想而知。

南京作为一座经常被血洗被征服的城市，它的忍受程度，相对于其他城市，要强大得多。逆来顺受是这个城市的基本特点之一，国家兴亡匹夫有责，然而在现代都市的建设中，老百姓通常都是无能为力的，种树或砍树，文物古建筑是不是要保留，肉食者谋之，当官的说了算，有权的人拍拍脑袋就可以决定。当然，大家心知肚明，不仅有过许多次被屠城的南京如此，中国的城市建设都有可能是这样，所谓问责制度根本不存在。南京的城市现代化建设中，虽然长官意志错误百出，教训深刻，却从来没有一任官员，为规划失误买过单。

一个现代化城市，保持着适当的陈旧很有意义。再以同样让人感到骄傲的古城墙为例，因为日晒风吹雨打，因为战争，因为一场又一场的政治运动，南京的明城墙到处都可以见到残缺。没有残缺就不是古城，断壁残垣有时候是一道非常好的风景，可以作为最好的历史标本。南京明城墙历经沧桑，有的是在太平天国攻城时被炸坏，有的是在上世纪五十年代被野蛮拆除，根据“修旧如旧”的恢复原则，如果不能恢复原样，就应该保持不变。多少年来，对于古城墙修建，我一直持保留态度，一直反对粗暴简单的修复和重建。十多年前，在一个讨论明城墙如何保护的专家会议上，我曾向有关领导提出抗议，说今天的新建正在对古城墙起着非常糟糕的破坏作用。大段大段新城墙拔地而起，成为十足的假古董，它不是在创造历史，而是在破坏历史。

新修的城墙和城门看上去惨不忍睹，城砖是新烧制的，上面竟然还印着公元某年字样。南京市民和西安市民打嘴仗，争论哪家的城墙更好更古老，人家就把图片发出来示众和讥笑。这种对文物缺乏最起码尊重的复古，把南京这座历史悠久古城折腾得不伦不类。我们都知道，世界上很多事情都是相对的，古城墙可以是一个城市的宝贵财富，同时，注定也是一种束缚，它对现代化交通，对城市市民出行，会有非常大的影响。早在南京国民政府时期，为了疏通交通，城市规划者就不止一次在城墙上打过主意。事实上，南京市民今天早已习惯的那些被动过手脚的古城门，譬如玄武门，譬如中山门，还有仪凤门，早就不是原物，都是经过了加工和改造的。现在重新回顾它们，差不多已快一百年时间，想当年，人们对历史文物的认识，远不能和后来相比，然而考察当时的改造工程，和今天对照，仍然要高明许多。

首先从美观上来说，各种比例关系还是对的，城门变高了，城楼也相应做了一些改变，看上去还不是太离谱。不管怎么说，仍然还是和谐的，大家也还能接受。改革开放以后的这几十年，南京市政府开始有钱，明城墙保护的投入大大增加，决策者的重点只是一门心思要把早已断裂的城墙重新连接起来。所谓保护，变成了重修围墙，就好像一个土财主暴富了，赶紧要用高墙将豪宅围起来。结果便是让人哭笑不得，中华门的东西两端，原有的豁口确实连起来了，变成一个整体，变成一个空中通道，上面可以行驶电动观光车，每辆车可以坐上十几个观光客。在一个现代化都市里，怀旧常会被这种非常浅薄的观光所替代，观光客需要的是热闹，是偷懒和舒适，而我们的决策者很在乎这种热闹，很在乎这种不动脑子的偷懒和舒适。

二十年前，我曾经陪同汪曾祺先生登中华门城堡，登高望远追古抚今，他老人家很感慨，说这地方非常好，太好了，比天下第一关的山海关还要好。他老人家说得不错，中华门城堡确实是个好地方，可是现在又变成了什么样子呢。现在的这一段城墙完全变成了怪物，惨不忍睹，断裂的城墙连起来了，原本没有城门的地方，非常丑陋地出现了几个门洞。打一个比方，通常城门与城墙的关系，它们的比例应该是一个竖着的草鸡蛋，窄窄的，细细的，现在为了通行汽车，变成了一个个扁胖的城洞，仿佛一个洋鸡蛋，不是竖着，是横卧在那，远远看过去非常滑稽，非常难看。最不能容忍的是，这样的门洞还不止一个，在一段不是很长的距离中，比例严重失调的门洞竟然有好几个。

再也没有什么破坏比这个更让人痛心，为了城市的安全，一段城墙上只有一个门洞，这是最基本的道理，像现在这样接二连三，在短短一条连轴线上，一个接着一个，仿佛河岸边的螃蟹洞，完全是莫名其妙，是可忍，孰不可忍。如果汪曾祺先生见到这一幕，他会怎么说，他又会发出什么样的感叹。在城市决策者眼里，汪先生会有的观点根本不重要，秀才遇到兵，有理说不清，况且，文化人的观点也不可能铁板一块，上有好者，下必有甚焉者矣，我们都知道，很多错误决定和馊点子，本来就是那些没文化的文化人想出来的杰作。

有一年，台湾的张大春来南京做图书宣传，我有幸作陪，一位本地读者站起来指责，说我只知道躲在秦淮河边一味怀旧，对南京的砍树毫无表示。他认为作家在这件事情上是有责任的，有义务反对，作家是灵魂工程师，应该向鲁迅先生那样，路见不平，拍案而起拔刀相助。我不知道该怎么回答，感受最深的不是这样提问对不对，而是和他一样，对城市的砍树，对古城墙的破坏，充满了一种莫名的怨恨。我想起了那次南京明城墙保护专家会议，当我提出抗议以后，参加会议的最高领导只是笑着点头，然后非常平静地总结陈词，说叶先生的话很有意思，但是，我可能要很遗憾地告诉他，南京的这个城墙，我们还是要修的，还是要把它给连起来，为什么呢，因为它是世界上最长的城墙，是独一无二的。

怀旧向来都是纸上谈兵，不妨再接着聊几句苏州。一一二九年的南宋期间，金兵南下，苏州古城毁于战火。其后一百年间，废墟中的苏州不断恢复和发展，当时的郡守李寿朋让人在石碑上绘制了《平江图》，它是我国现存最早的一幅古代城市规划图，观察这幅图，我们可以清晰地看到，茫茫太湖在城西，大海在城东，湖水自西而来，经苏州城潺潺东流，最后进入大海。要强调的一点是，古城内一条条河道都是人工开凿，它们构成了完善的城市交通系统，“水陆相邻，河街并行”，既成为古代苏州老百姓的日常生活样态，同样也是此后江南水乡城市的基本样板。

通过怀旧，我们可以发现，一个好的城市规划可以造福市民很多年。苏州城多少年来能够独领风骚，与当初良好的城市规划分不开。有时候，一个城市遭遇了灭顶之灾，成为一片废墟，只要获得机会，计划得当，完全有可能再次重生。世界上很多著名城市都是这样，不破不立，一张白纸能画最美的图画。仍然是以江南城市的“前街后河，家家临水”为例，在古代中国，它是一种最合理的城市形态，因为合理，可以经历千百年而不变，譬如南京内秦淮河边众所周知的“河房”，这种传统民居早已为大家所熟悉，孔尚任在《桃花扇》中就曾经写道：

> 梨花似雪柳如烟，
> 春在秦淮两岸边；
> 一带妆楼临水盖，
> 家家分影照婵娟。

张岱《陶庵梦忆》对河房也有精彩的描述：

> 秦淮河河房，便寓、便交际、便淫冶，房值甚贵，而寓之者无虚日。画船箫鼓，去去来来，周折其间。河房之外，家有露台，朱栏绮疏，竹帘纱幔。夏月浴罢，露台杂坐。两岸水楼中，茉莉风起动儿女香甚。女客团扇轻纨，缓鬓倾髻，软媚着人。

时代毕竟是发展的，用现代化的目光来考量，这种已经成为传统的沿河建筑，无疑有着巨大的环保问题。过去可以千百年不变，现在还真不能不变。朱自清先生的《桨声灯影里的秦淮河》提到河水“是碧阴阴的”，“看起来厚而不腻”，这是非常客气的说法。事实上当时的污染已相当严重，沿岸河房对环境已经造成了很大的破坏。一九二七年民国政府定都南京，请来一位叫墨菲的美国人进行城市规划，在墨菲的主持下，编撰了一本厚厚的《首都计划》，在计划中明确提出要将首都南京建设成为全国城市之模范，并且要与欧美名城相媲美。这本书的序还特别强调，“此次计划不仅关系首都一地，且为国内各市进行设计之倡，影响所及至为远大。”可惜因为抗战爆发，这本吸收了古今中外城市设计先进理念的《首都计划》，更多只能是一纸空文，对于一个喜欢怀旧的作家来说，它留下太多让人唏嘘之处。

如何保留明清风格的城南，如何整饬河岸，如何规划未来，如何雨污分流，《首都计划》中都有详细说明。结果却是再一次叹息，南京的城市建设并没有按照这个计划去做，江南的许多城市也都没有参照。早知当初，何必今日，在过去很多年里，这本计划根本不存在，因为南京早就不是什么首都。历史的发展并不以人的意志为转移，上世纪的中国城市现代化进程，由于战争，由于政治运动，停滞了很长时间，不仅是停滞，甚至还会倒退。然后改革了，开放了，步伐突然加快起来，紧接着便是河道被堵塞，被填埋，被过度开发，这样做最省事，最快捷，最不负责任，虽然后果很严重。经过野蛮拆迁，经过轻率新建，南京不再是南京，苏州不再像苏州，很多不像话的工程，很多长官意志，被当作教训，被当作学费，轻轻一笔也就敷衍过去了。

怀旧仅仅作为一种时髦没有意义，怀旧从来都不是简单守旧，从来都不是庸俗复古。一个真心喜欢怀旧的人，往往会是个理想主义者。历史经验值得注意，历史教训必须吸取，温故可以知新，怀旧能够疗伤。怀旧不应该成为简单的目的，不应该只是停留在文化层面上。在城市现代化建设中，怀旧也许只是想提醒我们，该做什么，不该做什么。只是为了继往开来，因为没有过去，也就没有了未来。

二〇一六年五月二十四日

等闲变却故人心

一九六八年的初春，我在江阴农村上小学，有一天，在县城上班的舅舅回来了，脸色阴沉，带来一个很恐怖的消息。情况非常严重，远在南京的父亲检举揭发了母亲，母亲因此被打成“现行反革命”。现在重新说起这件事，好像也没什么大不了，可是在当时，在那个特定时间里，“现行反革命”的罪名十分严重，真有一种天都要塌下来的感觉。

史无前例的“文化大革命”中，夫妻之间无论怎么恩爱，斗私批修，相互检举揭发，并不是什么稀罕事。那年头批判某个人，大家矛头所指，群情激愤，作为亲属说几句大义灭亲的话，交代几个不痛不痒的小罪行，点到为止，敷衍一下也就过去。除非存心反目，不想再过下去，那就不好说了，夫妻本是同林鸟，大难临头各东西，破罐子破摔，恩断义绝很正常。

父亲对母亲的检举揭发有些特别，首先是时间点，一九六八年春天，“文化大革命”已过了最激烈最冲动的年头，打砸抢基本上结束，造反派威风不再，文艺界掌权的是工宣队和军代表。被批斗被打倒的对象，关在牛棚里的牛鬼蛇神，开始逐步解放。母亲因为家庭成分好，出身贫农，又是老共产党员，根正而苗红，显然属于第一批应该解放的人。母亲即将解放的消息传到父亲那里，是什么人去传达的，为什么要去传达这个消息，现在已经无从考证。反正事情变得很戏剧化，处于隔离期间的父亲，经过深思熟虑，突然决定要检举揭发母亲。

父亲是个“右派”，像他这样的身份，在“文革”中基本上就是死狗，不用打便倒了。造反派也不会把他当回事，天生是坏人了，已被扫进历史的垃圾堆，根本犯不着再花气力把他整成一坏人。父亲的检举揭发让事情变得不可收拾，他交代的母亲“现行反革命言行”，非常非常反动，性质非常非常恶劣，这样一来，眼看着就要被解放的母亲，又要再一次被批斗和打倒。这次批斗和打倒，与“文革”初期带有普遍性的大批判已经不一样，问题要严重得多。

父亲的交代主要是两条，在当时都属于罪大恶极。第一条，说毛主席他老人家老糊涂了，他身边怎么可能有那么多坏人。第二条，林彪长得很像个奸臣，他的眉毛是倒挂的，舞台上奸臣就是这样的扮相，会不会是个坏人呢。母亲曾经是很红火的名演员，出过一段风头，跟许多中央领导一起拍过照，经常接待外宾，她私下里会对父亲这么说，其实也是很朴素的，心里怎么想，就怎么说了。夫妻之间悄悄议论，有一些反动言论，在“文革”中恐怕也不能算绝无仅有，可是这话一旦放到桌面上，一旦公开化，就一定是很严重的“现行反革命”罪行，是在私下恶毒攻击伟大领袖毛主席和他的亲密战友。

我一直没弄明白父亲究竟是口头检举，还是书面揭发。几十年以后，重新提起此事，除了“戏剧性”三个字，找不到更好的词。一位工宣队员十分严肃地跟母亲谈话，说你要好好地想想，还有没有什么事没交代，还说过一些什么样的反动言论。那年头，有的工宣队员专门与人为恶，也有的愿意与人为善，这一位心肠特别好，他暗示我母亲，开弓没有回头箭，没说过的话，不可以瞎承认，什么话都要想想好再回答，要想想后果，要掂掂分量。事实上，母亲早忘了枕头边说过的话，工宣队说你丈夫已经揭发了你的反动言论，她想来想去，好像也没说过什么反动言论。工宣队就把这两条说了出来，点明要点，说你再想想，有没有这么说过，我们可以给你时间，你好好想。

因为都还在隔离期间，分别被关在不同的地方，母亲又不能去与父亲核实。她怎么能想到父亲会把“文革”初期说的话又翻出来，这事过去都快两年，大风大浪差不多过去了，没想到又会突然冒出这样一场戏。于是她一夜未眠，脑海中全是演过的各种古装旧戏，枕头都哭湿了，演过的现代戏中英雄人物形象已不起任何作用，她想到的是自己若咬死不承认，父亲就有诬陷之罪，就得吃不了兜着走。工宣队的意思很明显，让她保护自己，父亲反正是死猪不怕开水烫，多一点罪名，少一点罪名，无所谓。然而母亲不这么看，她觉得父亲罪上加罪，那就再也没救了。他已经跌到了悬崖下，山上的石头再压上去，便是彻底没有指望。自己如果承认了，父亲可以立功，这样一来，也算是为他分担一些罪名。一九五七年反右，父亲被打成“右派”，有人劝母亲离婚，她没有听，现在，母亲仍然选择了再给父亲一个机会。

事实上，母亲也没多想自己承认了会怎么样，想得更多的是不承认会怎么样。她觉得自己根正苗红，历史清白，承担得起。也许是处于隔离审查状态，她对外面的形势并没有太多了解，并不知道一旦承认了，罪行会有多严重，她知道会被批判，会再次被批斗，会暂时影响自己的被解放，究竟可能严重到什么地步，并没有做好思想准备。她知道父亲很懦弱，在“文革”开始的时候，曾有过约她一起自杀的念头。她觉得很悲伤，恨父亲竟然会在背后捅自己一刀子，一日夫妻百日恩，百年修得同船渡，枕席之间的话，又没有第三个人知道，干吗非要把它说出来。天亮以后，她开始向工宣队坦白交代，承认确实说过类似的话，承认自己思想觉悟不高，没有文化，没认真学习马列主义毛泽东思想。她说自己究竟说过什么，已经记不清了，就以父亲的检举揭发为准吧。

结果的严重性完全出乎大家预料，也是母亲始料未及的，“大字报”立刻铺天盖地，批判大会群情激愤，口号声直上云霄。顿时就有了一种要打入十八层地狱的恐怖气氛，“文革”中不少“现行反革命分子”就是这么被批捕的，然后被枪毙了，现在说起来很奇怪，让人难以理解，完全不敢相信，为什么会那样草菅人命，但是在当时却有可能顺理成章，见怪不怪。恶毒攻击就可以是死罪，如果你不认罪，如果你还敢狡辩，还敢继续抵赖，还要妄图继续恶毒攻击，那么很可能就是死路一条。

消息传到江阴农村，外婆一家都吓蒙了。本来很严重，加上流传中的夸大，已经无法收拾。舅舅那时候还没满三十岁，记得他反复念叨，说外公临死时曾关照过他，说我母亲命太硬，现在飞黄腾达，运交华盖，终会有落难的一天。残酷的现实印证了外公的预言，结果外婆唠叨一夜，数落来数落去，无数遍地骂父亲是黑心肠，是恶魔，把所有怨恨都撒到无辜的外孙身上。当时我与外婆同住一个小房间，老太太开始数落我的不是，说父亲母亲都要去吃官司，都要送去劳动改造，而我呢，当然应该跟着父亲。大家的一致结论就是，母亲这辈子已经完了，父亲也完了，这个家土崩瓦解，彻底完蛋了。

“文革”一开始的时候，我们家被抄，收藏的图书被没收，父亲和母亲被批斗，被游街示众，与后来的被打成“现行反革命”相比，这些都算不上什么。那也是我一生中最黑暗的日子，一个寄人篱下的小男孩，一个被遗忘的多余者，一个在乡间连茅坑之地都没有的野种，几乎可以被所有的人欺负。老实说，我当时十分麻木，没有一点悲伤，在过去以及接下来的一段日子，没有来自父母的任何消息，他们也没有贴过一分钱的生活费。外婆对我的厌倦早已到极致，如果我有机会能够离开这里，无论去什么地方，肯定是毫不犹豫。

又过了一年多，我回到南京，父亲母亲仍然还在审查期间，已结束了全封闭隔离，再次重新生活在一起。仍然还是敌我矛盾，仍然要每周写一次思想汇报，天天要去打扫厕所。最困难时期已经过去，母亲文化水平低，每次思想汇报都痛苦不堪，结果就是父亲先用她口气拟一份草稿，再由母亲抄写。这种状态继续维持了相当长的一段时间，被审查对象一个接着一个解放，开始恢复普通革命群众身份，开始恢复党籍。具体日期记不太清楚，反正父亲和母亲都很晚，父亲虽然是“右派”，罪孽深重，也比认定有“现行反革命”罪行的母亲要略早一点。母亲是最晚的，等轮到她被解放，差不多已是林彪窜逃蒙古前后，已经属于典型的后“文革”时代。

父亲的这次检举揭发，对母亲的伤害无疑非常严重。我记忆里，为了这件事，母亲对父亲总是会有埋怨，常常这也不是，那也不是，父亲永远在为自己犯过的错误埋单，基本上就是这也不对，那也不对。随着时间流逝，这事终于慢慢地过去了，越来越淡，越来越微不足道，又好像永远也过不去。大家都想把它给忘了，有意无意地又会提到，埋怨声又会再起，就算母亲内心已经毫无恨意，她仍然会很随口来一句“我真被你害惨了”，说“为了这几句话，你让我吃了多少苦”。父亲像个犯错闯祸的小孩子，立刻愁眉苦脸，垂下头来无话可说，从来都不分辩，打死不吭声，最多也就是嘀咕一句，带着些不耐烦：

“好了，我确实是错了！”

熟悉父亲的人都知道他绝对是个善良的老好人，是公认的老实人。大家都觉得，只有像他这样的书呆子，才会不知轻重不计后果，才会这样大义灭亲。真相究竟是什么呢，很多细节究竟是怎么样的，我从来也没真正弄明白。父亲已过世二十多年，他在世时，我们什么话都可以聊，什么问题都可以争论，唯独这件事谈不下去，刚开始就结束，刚开始就转移了方向。他当时为什么要主动揭发交代，我们只能在背后议论，自以为是地分析动机，武断地猜想他的用心。简单的结论是破罐子破摔，他觉得自己反正没什么希望，因为绝望，所以绝情，索性拉着母亲给自己垫背。显然，他是知道这样的检举揭发，会有什么样的严重后果。知道母亲会因此被打成“现行反革命”，知道被打成“现行反革命”可能会有的惨痛下场，他当然知道这么做是不仁不义。

事隔多年，完全没有再责备父亲的意思，在“文革”那个荒唐年代，荒唐事情实在太多了。我只是在回忆中寻找“文革”的痛点，重新触摸那段让人不堪回首的历史，隔着时间长河，再现已消逝的场景。“文革”中的伤痛可以有很多种，“走资”被打倒，老干部被揪斗，武斗的血雨腥风，造反派被打成“五一六”，珍贵的文物被损坏，亲情被割裂，知识青年上山下乡，城市居民被迫下放，所有这些一旦成为历史的一部分，都有可能变成亲切回忆。人们可以津津有味地回味当年，回味曾经的狼狈不堪，曾经的被打倒被揪斗被批判，曾经的贫穷和艰苦，所有这一切，都可以当作资本来炫耀，唯独对母亲的这次检举揭发，没办法放在桌面上，见不得太阳，永远处于深深的黑暗之中。对于父亲来说，这是一个永远都不能结痂的伤口，一直在悄悄地淌着血。

为什么要这么说呢，因为有些事搁别人身上，做了就做了，过去也就过去，偏偏搁在父亲身上，永远不会过去。一个好人与一个坏人的最大区别，往往表现在心理承受能力上，坏人总是让别人难受，好人总是让自己难受。好人会自责内疚，坏人则不会。伤害别人，不只是会给别人带来痛苦，同样也更会伤害自己，给自己带来更大的痛苦。我知道父亲为这次背叛，自责了一辈子，从此以后，他始终都处在负罪之中。一九七六年九月九日毛主席他老人家逝世，父亲从外面哭着回来，像个孩子那样完全失去控制，进了门还在一个劲流眼泪。我觉得很奇怪，说了句不该说的话，他立刻有些尴尬，目瞪口呆地看着我，半天说不出话来。结果还是母亲在一旁打圆场，说小孩子不懂事，说话没有轻重，不知天高地厚在瞎说八道。“文革”开始的时候，我只有九岁，经过十年浩劫，此时已经十九岁，再也不是什么小孩子。

我显然已经长大了，父亲却好像还没有。毫无疑问，父亲当时是真的感到悲伤，与当时大多数的老百姓一样。他从来都不是一个虚伪的人，几年后“右派”改正错划，父亲又是发自内心地高兴，二十多年过去，一口怨气恶气终于吐出来。说老实话，父亲这一代人，基本上都是被政治运动搞糊涂了。在一次次的政治运动中，他们永远都在顺应时代潮流，一次次在潮流中迷失自己。反右的时候，父亲降了四级工资，到改正错划时再折算，损失人民币差不多一万多块。上世纪七十年代末，万元户比今天资产几千万的人还神气活现，父亲提到这笔被扣的巨额薪水，总是表现得十分大度，说国家也很困难，打了那么多“右派”，一下子怎么可能拿得出那么多钱来赔偿。

父亲真的一点都不在乎，能够为“右派”改正错划，已经很感恩戴德。这钱究竟有多少，应该不应该赔偿，根本不重要。在过去的岁月，他付出了最沉重代价，浪费了青春，失去的东西，应该汲取的教训，远比金钱要多得多。父亲最得意的人生是去解放区参加革命，很年轻的时候就加入了共产党，他一生都在要求进步，都在追求光明，然而结局太让人失望。逆来顺受也好，忍辱负重也好，一九六六年的“文化大革命”，是政治运动的最极端，它的开始和结束，都是不可避免，也是必然。“文革”中的人性泯灭，从来不是一蹴而就，“反胡风”，反右，“四清运动”，都可以是“文革”的催化剂。防微杜渐，勿以恶小而为之，“文革”的变态基因，甚至可以说早在五四运动时期，已经开始酝酿。人心的堕落往往没有底线，从开始时不知不觉，到后来别有用心，看上去好像漫长，很曲折，又完全可能只是在刹那之间。

“文化大革命”说到底是恶贯满盈。这一场轰轰烈烈的“大革命”，激发了人的为恶本能，让好人变坏，让正义蒙羞，让善良的人失去起码操守。世异时移，回顾当年重温历史，过来人几乎都可以说是“文革”受难者，都可能受过迫害，究竟有多少人在扪心自问，在自责反思忏悔，在回想自己有没有参加过迫害，有没有助纣为虐为虎作伥，这个还真不太好说。不管怎么说，底线终究是底线，说一千道一万，归根结底，“文化大革命”都是非常坏的一件事，都是损人害己，都是罪孽深重，都必须要防止它再次发生。

二〇一六年二月二十六日 河西

革命性的灰烬

一

记忆总是靠不住，小说家契诃夫逝世，过了没几年，大家为他眼睛的颜色争论不休，有人说蓝，有人说棕，更有人说是灰色。同样道理，历史也是靠不住的玩意，有人进行了认真研究，考证出胡适先生并没说过那句著名的话，他并没有说“历史是个任人打扮的小姑娘”。但是我们更愿意相信，胡适确实是说过这句格言，有些话并不需要注册商标，谁说过不重要，大家心里其实都明白，历史这个小姑娘不仅任人打扮，而且早已成为一个久经风尘的老妇人。

一九七四年初夏，我高中毕业了，接下来差不多有一年时间，都在北京的祖父身边度过。这时候，我读完了能见到的所有雨果作品，读了几本爱伦堡的《人·岁月·生活》，读海明威读纪德读萨特，读帕斯捷尔纳克的《日瓦戈医生》，读了一大堆乱七八糟的东西。我胡乱地看着书，逮到什么看什么。事实上，北京的藏书还没有南京家中的多，因此我小小年纪，看过的世界文学名著，已足以跟堂哥吹牛了。

这是一个非常荒唐的年代，就在前一天，在网上看到一篇文章，分析我们这一代人，中间有首打油诗，开头的几句很有意思：

> 五十年代生，今生是苦命。
> 生下吃不饱，饿得脸发青。
> 本应学知识，当了红卫兵……

我们这一代人都是吃狼奶长大，公认最没有文化。世事洞明皆学问，人情练达即文章，就像做生意算账要仔细一样，爬雪山过草地，打日本鬼子打“右派”，这些都可以算作资历和本钱，经历了最残酷的“文化大革命”，为什么却不能算。江山代有才人出，各有各的造化，轻易地就为一代人盖棺定论，硬说人家没文化，多少有些不太妥当。记得有一次和女作家方方闲聊，说起我们的读书生涯，很有些愤愤不平，她说凭什么认为这一代人读的书不多，凭什么就觉得我们没学问。本来书读得多或少，并不是什么了不得的事，跟有无学问一样，有，不值得吹嘘，没有，也没什么太丢人，可是这也不等于说你说有就有，你说没有就没有。

事实上，相对于周围的人，无论父辈还是同辈晚辈，大多数情况下，我都属于那种读书读得多的人。说卖弄也好，说不谦虚也好，在我年轻气盛的时候，跟别人谈到读书，谈古论今，我总是夸夸其谈口若悬河。有一次在一个什么会议上，听报告很无聊，坐我身边的格非忽然考我，能不能把白居易《长恨歌》中“渔阳鼙鼓动地来，惊破霓裳羽衣曲”的后两句写出来，我觉得这很容易，不仅写出了下面两句，而且还顺带写出了一长串，把一张白纸都写满了。

女儿考大学，我希望她能背些古诗，起码把课本上的都背下来。对于一个文科学生，已经是最低要求，女儿觉得当爹的很迂腐太可笑。我说愿意跟她一起背，她背一首，我背两首，或者背三首四首。结果当然废话，女儿的抢白让人哭笑不得，她说不就是能背几首古诗吗，你厉害，行了吧。现如今，女儿已是文科的在读博士，而我实实在在又老了许多，记忆力明显不行了，不过起码到目前为止，虽然忘掉太多的唐诗宋词和明清小品文，然而那些文明的碎片，仍然还有一些保存在脑子里，我仍然还能背诵屈原的《离骚》，仍然还能将白居易的《长恨歌》和《琵琶行》默写出来。

丝毫没有沾沾自喜的意思，我知道的一位老先生，能够将五十一万字的《史记》背出来，这个才叫厉害。真要是死记硬背，一个十岁的毛孩子就能背诵《唐诗三百首》。我之所以要说这些，要回忆历史，无非想说明我们这一代人未必就像别人想得那么不堪，同时，也想强调我们这一代人曾经非常的无聊，无聊到了没有任何好玩的事可做。没有网络，没有移动电话，没有NBA，没电视新闻，今天很多常见的玩意都根本不存在。塞翁失马，焉知非福，现在回想起来，索性废除了高考，没有大学可上，有时候也并非完全无益。譬如我，整个中学期间，有大量的时间读小说，有心无心地乱背唐诗宋词和古文。坏事往往也可以变为好事，我知道有人就是因为写“大字报”练毛笔字，成了书法家，因为“批林批孔”研究古汉语，最后成了古文学者。

二

在一九七四年，我第一次看到了厚厚的一堆小说手稿，这就是姚雪垠的《李自成》第二部。因为毛主席他老人家的特别关照，别的小说家差不多都被打倒了，都成了黑帮，独独他获得了将小说写完的机会。我还见过浩然的《金光大道》手稿，出于同样原因，这些不可一世的手稿，出现在了我祖父的案头，指望祖父能在语文方面把把关。后一本书没什么好看的，是一本非常糟糕的书，根本就让人看不下去，我一口气读完了《李自成》，祖父问感觉怎么样，我当时也说不出好坏，回答说反正是看完了，已经知道故事是怎么一回事。不管怎么说，在那个文化像沙漠一样的年头，阅读毕竟是一件相对惬意的事情，毕竟姚雪垠还是个会写小说的人，还有点故事能看看。

在此之前，能见到的小说，都是印刷品，都已加工成了书的模样。手写的东西，除了书信，就是“大字报”。虽然隐隐约约也知道，我第一次完全明白，小说还是先要用手写，然后才能够印刷成文字。第一次接触手稿的感觉很有些异样，既神秘，又神奇，仿佛破解了一道数学难题，一时间豁然开朗，原来这就是写作的真相。有时候，故事的好坏并不重要，关键是你得把它写出来。《李自成》是不是高大全也无所谓，它消磨了我的时间，满足了一个文学少年的阅读虚荣心，你终于比别人更早一步知道了这个故事。很多事情无法预料，八年后，《李自成》第二部获得了首届茅盾文学奖，我跟别人说起曾在“文革”中看过这部手稿，听的人根本就不相信，说老实话，我自己都有些不太相信。

有时候，阅读只是代表自己能够与众不同，我们去碰它，不是因为它流行，恰恰是因为别人见不到。“文化大革命”中文学爱好者对世界名著的迷恋，很重要的原因，是大家不能够很顺利地看到。同样的道理，人们更容易迷恋那些被称为“内部读物”的“黄皮书”，我们如饥似渴地阅读，是因为它们反动，是毒草，因为禁，所以热，因为不让看，所以一定要看。有时候，阅读也是一种享受特权，甚至也可以成为一种腐败，当然，在特定时期特定环境下，写作也会是这样。《李自成》这样的小说，从来不是我心目中的文学理想，它也许可以代表“文革”文学的最高水准，但它压根不是我所想要的那种文学，既不是我想读的，也不是我想写的。我曾不止一次说过，从小就没有想到过自己将来要当作家，因为家庭关系，作家这一职业对我并不陌生，然而我非常不喜欢这个行当，而且有点鄙视它，因为按照别人的意志去写小说，勉为其难地去表达别人的思想，这起码是一点都不好玩，不仅不好玩，而且很受罪。

一九七四年，民间正悄悄地在流传一个故事，说江青同志最喜欢大仲马的《基督山伯爵》。记得有一阵，我整天缠着堂哥三午，让他给我讲述大仲马的这本书。三午很会讲故事，他总是讲到差不多的时候，突然不往下讲了，然后让我为他买香烟，因为没有香烟提精神，就无法把嘴边的故事说下去。这种卖关子的说故事方法显然影响了我，它告诉我应该如何去寻找故事，如何描述这些故事，如何引诱人，如何克制，如何让人上当。我为《基督山伯爵》花了不少零用钱，三午是个地道的纨绔子弟，有着极高的文学修养，常会写一些很颓废的诗歌。同时又幻想着要写小说，他的理想是当作家，可惜永远是个光说不练的主，光是喜欢在嘴上说说故事。

我不止一次说过，谈起文学的启蒙，三午对我影响要远大于我父亲，更大于我祖父。历史地看，三午是位很不错的诗人，刘禾主编的《持灯的使者》收集了《今天》的资料，其中有一篇阿城的《昨天今天或今天昨天》，很诚挚地回忆了两位诗人，一位是郭路生，也就是大名鼎鼎的食指，还有一位便是三午。这两位诗人相对北岛多多芒克，差不多可以算作是前辈，我记得在一九七四年，三午常用很轻浮的语气对我说，谁谁谁写的诗还不坏，这一句马马虎虎，这一句很不错，一首诗能有这么一句，就很好了。

关于三午，阿城的文章里有这么一段，很传神：

> 三午有自己的一部当代诗人关系史。我谈到我最景仰的诗人朋友，三午很高兴，温柔地说，振开当年来的时候，我教他写诗，现在名气好大，芒克、毛头，都是这样，毛头脾气大……

振开就是北岛，毛头是多多，而芒克当时却都叫他“猴子”，为什么叫猴子，我至今不太明白。是因为他一个绰号叫猴子，然后用英文谐音给自己起了一个笔名，还是因为这个笔名，获得了一个顽皮的绰号。早在一九七四年，我就知道并且熟悉这些后来名震一时的年轻诗人，就读过和抄过他们的诗稿，就潜移默化地受了他们的影响。“希望，请不要走得太远，你在我身边，就足以把我欺骗。”除了这几位，还有许多稀奇古怪的人，有画画的，练唱歌的，玩音乐的，玩摄影的，玩哲学的，叽里呱啦说日语的，这些特定时期的特别人物，后来都不知道跑哪去了。

有一个叫彭刚的小伙子给我留下很深刻印象，他的画充满了邪气，非常傲慢而且歇斯底里，与“文革”的大气氛完全不对路子。在一九七四年，他就是梵高，就是高更，就是莫迪里阿尼，像这几位大画家一样潦倒，不被社会承认，像他们一样趾高气扬，绝对自以为是。新旧世纪交汇的那一年，也就是二〇〇〇年十二月，在大连一个诗歌研讨会的现场，我正坐那等待开会，突然一头白发的芒克走了进来，有些茫然地找着自己的座位。一时间，我无法相信，这就是二十多年前见过的那位青年，那位青春洋溢又有些稚嫩的年轻诗人。会议期间，我们有机会聊天，我问起了早已失踪的彭刚，很想知道这个人的近况。芒克告诉我彭刚去了美国，成了地道的美国人，正研究什么化学，是一家大公司的总工程师，阔气得很。

一时间，我不知道说什么才好，就好像有一天你猛地听说踢足球的马拉多纳，成了一个弹钢琴的人，一个优雅地跳着芭蕾的先生，除了震惊之外，你实在无话可说。

三

在一九七四年，“毛头的诗”和“彭刚的画”代表着年轻人心目中的美好时尚，这种时尚是民间的，是地下的，是反动的，然而生气勃勃，像火焰一样猛烈燃烧。如果说在一九七四年，我有过什么短暂的文学理想的话，那就是希望自己有朝一日能够成为一名像毛头那样的诗人。三午的诗人朋友中，来往最多的就是这个毛头，对我影响最大最刻骨铭心的，也正是这个毛头。毛头成了我的偶像，成了我忘却不了的梦想。我忘不了三午如何解读毛头的诗，大声地朗读着，然后十分赞叹地大喊一声：

“好，这一句，真他妈的不俗！”

从三午那里，常常会听到的两句评论艺术的大白话，一句是“这个真他妈太俗”，另一句是“这个真他妈的不俗”。俗与不俗成为最重要的评价标准。说白了，所谓俗，就是人云亦云，就是跟在别人后面亦步亦趋。所谓不俗，就是和别人不一样，就是非常非常的独特，老子独步天下。艺术观常常是摇摆不定的，为了反对时文，就像当年推崇唐宋八大家一样，我们故意大谈古典，一旦古典泛滥，名著大行其道的时候，我们又只认现代派。说白了，文学总是要反对些什么，说这个好，说那个好，那不是文学。

有没有机会永远是相对的，国家不幸诗家幸，赋到沧桑句便工，在一九七四年，因为没有文化，稍稍有点文化，就显得很有文化。因为没有自由，思想过分禁锢，稍稍追求一点自由，稍稍流露一点思想，便显得很有思想。有一天，三午对毛头宣布，他要写一部小说，然后滔滔不绝地说自己准备怎么写。那一阵，毛头是三午的铁哥们，三天两头会来，来了就赖在了长沙发上不起来，说不完的诗，谈不完的音乐。也许诗谈得太多了，音乐也聊得差不多，三午突然想到要玩玩小说。他是个非常会吹牛的人，这个故事他已经跟我说过一遍，然后又在我的眼皮底下，兴致勃勃地说给毛头听。在一开始，毛头似乎还有些勉强，懒洋洋坐在那，无精打采，渐渐地坐直了，开始聚精会神。终于三午说完了故事梗概，毛头怔了一会，不甘心地问，完了？三午很得意，说完了，于是毛头突然从沙发上跳起来，说我要向你致敬，说你太他妈有救了，这绝对太他妈的棒了，你一定得写出来。

和许多心目中的美好诗篇一样，三午的这部小说当然没有写出来。人们心目中的好小说，永远比实际完成的要多得多。时至今日，我仍然还能清晰地记得那个故事梗概，一名老干部被打倒了，落难了，回到了当年打游击的地方，从庙堂回落到江湖，老干部非常惊奇地发现，有一位年轻人对他尤其不好，处处要为难他，随时随地会与他作对。老干部想不明白这是为什么，他忍让着，讨好着，斗争着，反抗着，有一天终于逼着年轻人说了实话。年轻人很愤怒地说，你身上某部位是不是有个印记，说你还记不记得当年的战争年代，还能不能记得有那么一位村姑，在你落难的时候，她照顾过你，她爱过你，可你对她干了什么。这位老干部终于明白了，原来这位年轻人是自己的儿子，是他当年一度风流时留下的孽债。年轻人咬牙切齿地说，你把衣服脱下来，你脱下来。老干部心潮起伏，他犹豫再三，终于在年轻人面前脱光了自己，赤条条地，瘦骨嶙峋地站在儿子面前，很羞愧地露出了隐秘部位的印记。

如果三午将这个故事写出来，如果时机恰当，在此后不久的七十年代末和八十年代初，这样的小说获得全国奖也未必就是意外。说老实话，就凭现在这个故事梗概，它也比许多红极一时的得奖小说强得多。不妨想一想一九七四年的文学现场，不妨想一想当时文学观念上的差异。“文化大革命”已是强弩之末，“四人帮”正炙手可热，那年头，最火爆的文学期刊是《朝霞》，那年头能发表的作品不是说基本上，而是完全就不是文学。当然，这话也可以反过来说，如果当时文学期刊上的文字是文学，我以上提到的那些活跃在民间的东西，那些充满了先锋意义的诗歌，三午要写的那个小说，就绝对不是文学。

极端的文学的都是排他的，极端的文学都是不共戴天。事隔三十多年，以一个小说家的眼光来看，三午当年准备要写的那部小说，就算是写出来，也未必会有多精彩。同样，白云苍狗时过境迁，当年那些让我入迷的先锋诗歌，那种奇特的句式，那种惊世骇俗的字眼，用今天的评判标准，也真没什么了不起。无可否认的却是，好也罢，不好也罢，它们就是我的文学底牌，是我最原始的文学准备，是未来的我能够得以萌芽和成长的养料。它们一个个仍然鲜活，继续特立独行，既和当时的世界绝对不兼容，又始终与当下的现实保持着最大距离。有时候，文学艺术就只是一个姿态，只是一种面对文坛的观点，姿态和观点决定了一切。从最初的接触文学开始，我的文学观就是反动的，就是要持之以恒地和潮流对着干，就是要拼命地做到不一样，要“不俗”。我们天生就是狼崽，是“文化大革命”不折不扣的产物，是真正意义的文学左派。舍得一身剐，敢把皇帝拉下马，我们来到这个世界上，如果要从事文学，就一定要革文学的命，捣文学的乱。

四

上世纪七十年代末，我开始偷偷摸摸地学写小说，所以说偷偷摸摸，并不是说有什么人不让写，而是我不相信自己能写，不相信自己能写好。我从来就是个犹豫不决的人，一会信心十足，一会垂头丧气。记得曾写过一篇《白马湖静静地流》的短篇，寄给了北岛，想试试有没有可能在《今天》上发表，北岛给我回了信，说小说写得不好，不过他觉得我很有诗才，有些感觉很不错，可以尝试多写一些诗歌。

到了一九八六年秋天，经过八年的努力，我断断续续地写了一些小说，短篇、中篇、长篇都尝试过，也发表和出版了一部分，基本上没有任何影响，还有很多小说压在抽屉。这时候，我是一名出版社的小编辑，去厦门参加长篇小说的组稿会，见到了一些正当红的作家。当时厦门有个会算命的“黄半仙”，据说非常准确，很多作家都请他计算未来。我未能免俗，也跟在别人后面请他预言。他看了看我的手心，又摸了摸我的锁骨，然后很诚恳地说你是个诗人，你可以写点诗。周围的人都笑了，笑得很厉害，笑出了声音。不知道他为什么会这么说，也许是我当时不修边幅，留着很长的胡子。反正让人感到很沮丧，因为我知道自己最缺的就是诗才，根本就不可能成为一名出色的诗人。我无法掩饰巨大失望，问他日后还能不能写小说，他又看了看我，斩钉截铁地说：

“不行，你不能写小说，你应该写诗，你应该成为一个诗人。”

这位“黄半仙”也是文艺圈子里的人，他只是随口一说，根本没想到会有什么后果，根本就不在乎我会怎么想。当时在场的还有很多位已成名的小说家，小说家太多了，多一个不多，少一个不少，我只是一名极普通的小编辑，实在没必要再去凑那份热闹。一时间，我想起了北岛当年的劝说，说老实话，那时候真的有些绝望。虽然已经开始爱上了写小说，虽然正努力地在写小说，但是残酷的现实，也让我开始怀疑自己真没有写小说的命。

这时候，我已经写完了《枣树的故事》，《夜泊秦淮》也写了一部分，《五月的黄昏》在一家编辑部压了整整一年，因为没有退稿，一直以为它有一天可能会发表出来，可是在前不久，被盖了一个红红的公章，又无情地被退了回来。《枣树的故事》最初写于一九八一年，因为被不断地退稿，我便不停地修改，不停地改变叙述角度，结果就成了最后那个模样。我已经被退了无数次稿，仅《青春》杂志这一家就不会少于十次。我有两个很好的朋友在这编辑部当编辑，可就算有铁哥们，仍然还是不走运。

一个人不管怎么牛，怎么高傲，退稿总是很煞风景。还是在七十年代末，南京的一帮朋友聚在一起，像北京的《今天》那样，搞了一个民间的文学期刊《人间》。我的文学起步与这本期刊有很大关系，与这帮朋友根本没办法分开。事实上，我第一部被刊用的小说，就发表在《人间》上。没有《人间》我就不会写小说，那时候我们碰在一起，最常见的话题就是什么小说不好，就是某某作家写得很臭。我们目空一切，是标准的文坛持不同政见者。这本刊物很快夭折了，有很多原因，政治压力固然应该放在首位，然而自身动力不足，克服困境的勇气不够，以及一定程度的懒惰，显然也不能排除在外。我们中间的某些人在当时已十分走红，他们写出来的文字不仅可以公开发表，而且是放在头条的位置上，产生了巨大的影响。

不管今天把当时民间文学刊物的作为拔得多高，希望能够公开发表文章，希望能够获得广大读者的认同，还是一个最基本的原始动机。官方的反对和禁令会阻碍发展，文坛的认同同样可以造成流产。毫无疑问，民间刊物是对官办刊物的反抗，同时也是一种补充。我们的文学理想是朦胧的，不清晰的，既厌恶当时的文坛风气，又不无功利地想杀进文坛，想获得文坛的承认。很显然，在公开的文学刊物上发表自己的文字是很难抵挡的诱惑，八十年代初期，在北京家中，有一次北岛来，我跟他说起顾城发表在《今天》上的一首诗不错，北岛说这诗是他从一大堆诗中间挑出来的，言下之意，顾城的诗太多了，这首还算说得过去。安徽老诗人公刘是我父亲的朋友，也说过类似的话，因为和顾城父亲顾工熟悉，让顾城给他寄点诗，打算发表在自己编的刊物上，结果顾城一下子寄了许多，仿佛小商品批发一样，只要能够发表，随便公刘选什么都行。

写作是写给自己看的，当然更是写给别人看的。公开发表永远是写作者的梦想，有一段时候，主流文学之外的小说狼狈不堪，马原的小说，北岛的小说，这些后来都获得很大名声的标志性作家，很艰难地通过了一审，很艰难地通过二审，终于在三审时给枪毙了。我是他们遭遇不断退稿的见证者，都是在还不曾成名时，就知道和认识他们。我认识马原的时候，还是在八十年代初期，那时候的马原非常年轻，用今天的话来说，是标准的帅哥，他还在大学读书，小说写出来了无处可发，正在与同学们一起编一本非常好卖的“文学描写辞典”。而北岛的《旋律》和《波动》，也周转在各个编辑部之间，在老一辈作家心里，它们也算不上什么大逆不道，尤其是《旋律》，我父亲和高晓声都认为这篇小说完全可以发表，然而最终也还是没有发出来。

五

上世纪的八十年代中期，现代派一词开始甚嚣尘上，后来又出现了新潮小说和先锋小说。这些时髦的词汇背后，一个巨大的真相被掩盖了，这就是文坛上的持不同政见者，已消失或者正在消失，有的不再写作，彻底离开了文学，有的被招安和收编，开始名成功就，彻底告别了狼狈不堪。先锋小说这个字眼开始出现的那一天，所谓先锋已不复存在。马原被承认之日，就是马原消亡之时。北岛的《波动》和《旋律》终于发表，发表也就发表了，并没有引起什么波澜。诗人毛头改名多多，也写过一些小说，说有点影响也可以，说没多大影响也可以。

多少年来，我一直忍不住地要问自己，如果小说始终发表不了，如果持续被退稿，持续被不同的刊物打回票，会怎么样。如果始终被文坛拒绝，始终游离于文坛之外，我还有没有那个耐心，还能不能一如既往地写下去。也许真的很难说，如果没有稿费，没有叫好之声，我仍然会毫不迟疑地继续写下去，然而如果一直没有地方发表文字，真没有一个人愿意阅读，长此以往，会怎么样就说不清楚了。时至今日，写还是不写根本不是一个问题，再说仍然被拒绝，再说没什么影响，再说读者太少，多少有些矫情。我早已深陷在写作的泥淖之中，生命不息战斗不止。写作成了我生命的一部分，为什么写已经不重要，重要的是写什么和怎么写，无法想象自己不写会怎么样，不写作对于我来说，已完全是个伪问题。

一九八三年春天，我开始写自己的第一部长篇小说。显然是因为有些赌气，不断地被退稿，让人产生了一种不可遏制的冲动，退一短篇也是退，退一长篇也是退，为了减少退稿次数，还不如干脆写长篇算了，起码在一个相对漫长的写作期间，不会再有退稿来羞辱和干扰。从安心到省心，又从省心回到安心，心安则理得，名正便言顺。事实上，我总是习惯夸大退稿的影响，就像总是有人故意夸大政治的影响一样，我显然是渲染了挫折，情况远没有那么严重。被拒绝可以是个打击，同时也更可能会是刺激和惹怒，愤怒出诗人，或许我们更应该感谢拒绝，感谢刺激和惹怒。

思想的绚丽火花，只有用最坚实的文字固定下来才有意义。我知道对于一个作家来说，除了写，说什么都是废话，嘴上的吹嘘永远都是扯淡。往事不堪回首，我希望自己的写作青春常在，像当年那些活跃在民间的地下诗人一样，我手写我心，我笔写我想，睥睨文坛目空一切，始终站在时代前沿，永远在文学圈之外写作。在史无前例的“文化大革命”中，我们最耳熟能详的一句口号，就是要继续革命。要继续，要不间断地写，要不停地改变，这其实更应该是个永恒的话题。“文化大革命”是标准的挂羊头卖狗肉，它只是很残酷地要了文化的命，并没有什么真正意义的文学革命。文学要革命，文学如果不革命就不能成为文学，真正的好作家永远都应该是革命者。

二〇一〇年八月四日

辑四 * 回忆八十年代

回忆八十年代的“清污”

一九八三年秋天，我开始读研究生。那年头考研究生，导师要把弟子带毕业了，才开始招收新生，不像现在，年年可以招。除了公共课，小课都去导师家，在书房里听导师随便说。我的导师叶子铭年龄不大，教学方法却属于老派。我们是他开始招收的第一批研究生，叶老师以研究茅盾著名，然而他读研究生时，学的是古典文学，导师是陈中凡老先生，研究方向是苏东坡，因此给我们上课，颇有些旧学风范。

那时候的“清污”，又叫“清除精神污染”。关于这个，三言两语说不清楚，反正大家的感觉就是，又要搞运动了，又要开始批判什么。我的家庭背景，让我对批判这词有特殊敏感，同时也有点麻木。这当然是受父亲的影响，父亲是个“右派”，多少年来，始终是被批判，他和别的被剥夺写作权利的“右派”不一样，劳动改造以后，一直都在继续扮演笔杆子角色，始终都是在写，始终都是奉命写这写那，好不容易写好了，突然又有了问题。明明是一片好心想歌颂，突然变成了毒草。

过去文化人有一个词叫犯错误，这错误大多是不知不觉，知识分子们也习惯了，知道自己是小资产阶级，知道自己容易翘尾巴，因此要不断接受批判，不断被改造。“文革”后期，父亲写过一个剧本，中间有一情节，一个失控的木筏将航标灯撞坏了，为了怕出意外，英雄人物便自己举着一盏风灯当航标灯。说这细节荒唐没问题，可是当时的严重性，是有人发现了它的反动之处，木筏是将木头捆在一起，这可以理解为林彪的“林”，而带走了航标灯，则有可能意味着是为摔死在温都尔汉的林彪招魂。这样的解读实在吓死人，好在类似把戏当年玩得也太多，文化人为此一次次倒霉，见怪不怪，习惯了。

“清污”在某种意义上，也是对过去历史的一种延续。具体到父亲身上，就是他老朋友顾尔镡的一次发言，因为这个发言，一时间风生水起，山雨欲来黑云压城。其实也没什么大不了的反动言论，不过是把平时饭桌上的闲话，拿到了大会上，这个发言标题是“也谈突破”，大意是既然要谈解放思想，胆子就应该大一些，就要敢于突破。这话搁在今天，什么也不是，在当时，真的就突破了，因此成了要清除的“精神污染”。高层领导震怒了，具体情况谁也说不清楚，当时得到的消息就是，领导很生气，问了一句“这个顾尔镡是什么人”，因为这句话，鸡毛立刻成为令箭，顾尔镡便被撤职。

父亲是顾尔镡的副手，顾是《雨花》杂志的主编，父亲是副主编。他们一起携手去办这个刊物，当初顾被任命主编，条件之一，便是要父亲跟他一起去干，实际上就是要拉着当年的“探求者”弟兄们。顾虽然不是“探求者”分子，不是“右派”，但是他和这帮人都是朋友，“文革”以后的《雨花》办得有声有色，获得很高声誉，显然与父亲的这些难兄难弟参与有很大关系。

顾尔镡被撤职，在当时既是个事，也不是什么大事。他们这些人都是见多识广历经磨难的“老运动员”，一生中不知道被批判过多少次。与以前的运动相似，一有风吹草动，不同的人粉墨登场，按照不同的角色演戏，生旦净丑，自然都会跳出来。有关领导便找父亲谈话，希望他能够认清形势，顾全大局，与顾尔镡划清界限，代表刊物说几句应景话。同时告诉父亲，让他去党校学习，这是组织上的刻意安排。

谈话就在我家进行，我因为在场，因此没有任何虚构。记得当时也不懂事，老三老四插了几句嘴，让父亲不要去党校学习，都一把年纪了，还学个什么。这让来谈话的领导很不高兴，都是父亲的老朋友，都是长辈，他觉得自己一片好心，既保护了父亲，又准备了一个提拔的好机会，没想到这父子俩会如此不识抬举。

很快，来势凶猛的“清污”运动烟消云散，这位领导提起旧事仍然心有不甘，说老叶你这个人也真是糊涂，怎么能听你儿子的话呢。熟悉父亲的人都知道，他是个有名的老好人，确实容易受人影响，做事难免糊涂，然而绝对不是没原则的人。在“清污”这件事上，一开始就立场坚定表明了态度，他和顾尔镡是一致的，自己没觉得老顾的话有什么太大问题。是非分明，黑白不容颠倒，错就是错，不错就是不错，因此，父亲主动选择了与顾尔镡共进退。一句话，他不干了，不玩了，不能再像一九五七年，不能再那样。

父亲找了个借口，要去北京协助编辑祖父的文集，这显然似是而非，根本站不住脚，领导干部一听便知道怎么回事，大家心知肚明，“称病辞官”，这是古代高人经常玩的把戏，父亲不愿意装病，不玩下去的主意已定，随便找了个理由，说不干就不干。禅心已作沾泥絮，不逐春风上下狂，请了两年假，没想到，“清污”运动说结束也结束了，树倒猢狲散，活生生成为一场闹剧。开弓没有回头箭，父亲弄假成真，两年后才又一次正式恢复工作。

二〇一四年三月二十四日　河西

八十年代的“开后门”

上世纪八十年代的计划经济，老一辈人都有深刻记忆。记忆这玩意很有意思，像一张褪色老照片，无聊时打开看看，常会引起不一样感受。对于上岁数的人来说，计划经济不陌生，它与生俱来，我们刚一出生，就仿佛阴影一样紧密伴随。我们都用过粮票，用过布票，这票那票掰手指数不过来，当年有一种豆制品副票，编好号的，到日子发通知，某号可以买酱油，可以买鱼，买酒，为什么叫豆制品副票，而且全国各地统一称呼，没人能解释清楚。

习惯成为自然，成为应该，我这年龄段的城市人对计划经济谈不上太反感。一件事一旦成为习惯，即使身受其害，也会习惯性地接受，觉得这个理所当然。城市人习惯了粮票，享受了粮票，粮票成了城市人的标志和骄傲。吃商品粮成为一种既得利益，如今听上去怪怪的，但是，它确实是一个时代的鲜明特征。

到了八十年代，忽如一夜春风来，说着说着就改革开放了。很多人都认为是粉碎了“四人帮”的缘故，好像这四个贼人不除掉，就天无宁日，国家再也不会有希望。我印象中，其实“文革”中也有过改革苗头，譬如当年的“整顿”就很像回事。改革开放说白了是这两个字的翻版，“文革”后许多东西，“文革”中已经有过。记得那时我还在上中学，动不动还要说伟大领袖毛主席，突然听说要开四届人大，要抓经济了，说经济再不抓就不行了。

学校里照例要上政治课，政治课上又总是要说，经济基础决定上层建筑。我们像小和尚念经一样，有口无心地对付着考试，什么叫上层建筑，什么叫经济基础，根本弄不明白。老师自己也不明白，很快“反击右倾翻案风”，邓小平说不行就不行。那年头印象最深的是政治运动永远不会完结，千言万语一句话，阶级斗争还是得抓，阶级斗争一抓就灵，灵不灵我们也不知道，就知道必须得抓。

当然，所有这些都属于桌面上的冠冕堂皇，印象最深的是“文革”后期“开后门”。什么叫开后门呢，就是凡事都要通过关系，都要找熟人帮忙，找熟人的熟人关照。开后门成为时代特色，成为几乎公开的潜规则，应该说和“文革”有着密切关系。“文革”把经济给搞垮了，什么都要计划供应，掌握计划的人就有一种相对权力。商店里小领导，菜场上卖鱼的卖肉的，生产队队长，各级革委会主任，手里只要有点小权，都有可能成为开后门的对象。今天的年轻人怎么也想不明白，为什么有些女知青为了回城，为了一个工农兵大学生名额，会心甘情愿地被农村干部奸污。这样的丑恶当年显然不在少数，根据有关文件规定，只要发生，只要女事主告发，一律按强奸罪论处。

上世纪八十年代，不正之风的开后门得到了有效控制，市场经济开始发挥作用，年轻人游戏规则悄然改变，首先是高考恢复，可以相对公平地在考场上搏杀。其次，这票那票作用逐渐减少，只要有钞票，想买什么都能买到。但是只要还存在计划经济，就会有漏洞，开后门的风气就不可能完全杜绝。印象中有几件小事总是难忘，一是彩色电视，一是安装家庭电话，一是换煤气灶。

先说彩电。八十年代初期，彩电还不普及，很多人家都买十二英寸的黑白电视，那时候都觉得能有个黑白电视已不错了，很快，彩电成为家庭基本配置，立刻紧俏起来，一紧俏就要凭票供应，一凭票，难免开后门。当时已流行下海做生意，身边几个一起玩大的干部子弟，所谓下海就是倒腾各种批文，成天听他们吹牛，都是即将发财的样子，真正发财也没几个，下大狱倒不止一位。

有个哥们开了家贸易公司，打白条预售彩电，生意顿时火爆。因为他爹是做官的，也没人会怀疑，大家仍然延续过去开后门的思路，想办事，就要去找有门路的人。没想到出现了问题，钱收了，用了，彩电却交付不出。我始终没搞明白问题出在什么地方，反正这哥们从此一蹶不振，在牢里待了几年，一出来就跟我喊冤。

当时安装电话也很不容易，要级别，不是谁都能装，够了级别也要排队登记。记得我们家装电话，公家先请吃饭，为什么公家请客，因为是公款电话。终于到安装日子，泡茶递烟，临走一人送包香烟，结果电话安装好了，却迟迟不通，一开始不明白为什么，后来才知道是得罪了小工头，按照行情应该送一条烟，一人给一包太小气。怎么办呢，再托人说好话，再请吃饭，吃完饭第二天，电话通了。

那年头的电话、电力、煤气，都是大爷，任何一名员工都可以牛得不行，投诉这词似乎还没出现。我们家换煤气灶，新灶具活生生高出台面一公分，靠一根煤气管顶着，四面都悬空，锅放上去直晃荡。我提出异议，安装工人说就这样了，自己找点东西垫垫。好歹我做过几年工人，没见过这样干活的，可是也没办法，人家就这么横，只好再开后门给煤气公司熟人打电话求助，派了个人过来，很快弄妥帖了。

我女儿出生于八十年代，习惯了市场经济，听到开后门这词，想象遇上点事就要找熟人，总觉得很奇怪，很荒唐，怎么跟她解释也不明白。不仅她觉得奇怪，想不明白，我们作为过来人，想起那段历史，也觉得太奇怪，太荒唐，也想不明白。

二〇一四年六月二日　南山

八十年代的“严打”

“严打”这词，在我们这代人心中留下了很特别的印痕。和“文革”应该分不开，它首先是个运动，是运动就有声势，难免轰轰烈烈，难免虎头蛇尾。

小时候，动不动遇上运动。记得小学快毕业，搬了课桌椅到马路边，用一种纸糊的土话筒，一遍又一遍地高喊“行人要走人行横道线”，有人这么喊，没人也这么喊。那年头汽车也不多，人行横道线也不多，多的只是这种临时放在马路边的课桌椅，多的只是小孩子的呼喊。记不清为什么会这样，闲着也闲着，每隔几十米一组同学，戴着红袖标的我们不厌其烦，有一阵没一阵地喊口号。

结果该怎么还是怎么，行人照样不走人行横道线，我们自己也不会走。上学放学过大街，直截了当过去。从小都很习惯嘴上一套，实际上又一套。“文革”结束不久，有一天，一个知道很多内部消息的朋友从上海过来，说社会风气正变得不像话，连续出现了几次小流氓当众将女人衣服剥光的恶性案件。一直到现在，我仍然不明白当时的众目睽睽之下将女人衣服剥光是怎么回事，只知道这属于非常流氓的一种行为。

在“文革”中，流氓是个奇怪字眼，男孩子都知道它不好，又都知道真正的流氓都是厉害角色。南京俗称“小纰漏”，为什么这样叫，说不清楚。我们搞不清楚“纰”怎么写，一直还以为是“屁漏”。“小纰漏”又叫“活闹鬼”，大家其实很羡慕他们，能打架，讨女孩子喜欢，敢调戏妇女。在孩子眼里，流氓就是那些无所顾忌的家伙，不怕死，不守规矩。那年头，快到五一和十一，要枪毙一批人，杀得最多的是“现行反革命”，在体育场公审，然后游街示众，印象中总会有几个陪绑的流氓。

“文革”后，这一切都结束了。被枪毙的人开始平反，体育场公审、游街示众类似场面似乎再也不会出现。改革开放思想解放，实事求是，团结一致向前看，都是非常正面的字眼。就在这时候，社会治安出现了一些问题。当时媒体还不发达，小道消息全靠口头流传，以讹传讹，三人成虎众说纷纭。

我对“严打”的记忆是模糊的，仿佛隔了一层纱，始终都是在听说。上海街头当众剥光女人衣服是一九七九年，这以后，常会听到一些九斤老太念叨，现在怎么不好，怎么不像话。社会不安定因素确实存在，很多社会问题，本质上都是“文革”后遗症，大批知青回城待业，下放户回城没房子住，如何安置如何解决，所有这些都让当权者头疼。十年“文革”，强大的无产阶级专政权威下，老百姓多少还有些小心翼翼。后来人不了解，都以为一个可以打砸抢的时代，人们一定会活得很自由，很浪漫，事实上整个“文革”期间，就是一个完整的高压严打态势，大家活得都很压抑。“文革”一结束，锁链被打开，胆子立刻大了，有些出格难免发生，有些行为在当时非常不像话，今天看起来十分平常。

“严打”应该是一九八三年，我表姐和朱德一个孙子是大学同学，记得当时听她说过这事，说朱德的孙子也被枪毙。表姐病故多年，我写这篇文章，突然糊涂了，弄不明白是哪个孙子。反正轰轰烈烈的“严打”说开始就开始，民间积累了很强烈的要求，自上而下都有一种应该收拾一下的情绪。今天说起“严打”，恐怕谁都会觉得过分，有资料证明，一九八四年十月三十一日，“严打”第一战役总结，法院判处八十六万一千人，其中判死刑两万四千人。另一份公安部的数据显示，三年五个月的“严打”共判刑一百七十四万人，劳教三十二万人。

中国人口基数太大，跟此前的“镇反”和反右一样，不是当事人，都会觉得事不关己。无非听说谁被抓了，有谁，还有谁。邻居的一个小孩被抓，大家聚在一起，各自说段子，我就卖弄这孩子的故事。他比我小不了几岁，读书自然不好，也不求上进，一出事，因为熟悉，立刻联想到种种理由。中国民间始终都有种正义感，或者说自以为是的道德洁癖，很容易得出有事就是真有事的结论，是报应，是罪有应得。笼而统之，只要是个运动来临，都会有些群众基础，都可能得到老百姓的暂时拥护。

我不想对“严打”做出评价，评价早有了。八十年代中后期，我所在的出版社出过一本《中国西部大监狱》，记录了当时监狱的人满为患，这是从严从重从快的直接结果。我们喜欢眉毛胡子一把抓，喜欢搞运动。说起“严打”，都觉得是因为这个那个，因为“东北二王”，因为“卓长仁劫民航客机”，因为一起又一起的“恶性流氓案件”，都能理直气壮找到依据，所谓乱世要用重典，不就是抓几个人杀几个人吗。

不能说“严打”没一点用处，但未必又有多大效果。说白了，没有法治，撞在枪口上的感觉永远不会让人心服口服。譬如邻居的孩子，法律对他来说等于儿戏，他的一生基本上毁了，只是在一个不合适的时间犯了点小错误，平时根本算不上什么，遇上了“严打”，真没地方说理。不由得想起小时候在马路边上的吆喝，让大家过街要走人行横道线，光嘴上一阵阵热闹，并不太当真。结果偶尔当真一下，只能是搞个运动，重罚一次，谁遇上谁倒霉，事情过了就过了，然后一切照旧。

二〇一四年六月二十四日　河西

八十年代的邓丽君

七十年代末，东南沿海的走私货转入内地。记得上大学不久，有个知识分子模样的人来到我们院子，用浓重闽南腔的普通话，问有没有人要买录音机。那种两个喇叭的手提录音机，一大喇叭，一小喇叭，仿佛老式拖拉机的宣传画。比如今的手提电脑包还要再厚重，日本SANYO，开价六百元。

当时价格，六百元不便宜。这家伙事先打听好了，知道这地方住着几个有钱的名演员。他形迹虽然可疑，谈吐却不俗，拿出一工作证，证明是南京工学院的老师，说自己生活上遇到些难处。那时候还没改名东南大学，也算是座说得过去的名校，他的口音，他的工作证，他的急需用钱，立刻打动了我父亲，谈了没几句就成交。

母亲一直觉得这玩意买贵了，当时也没市场价，到底能值多少钱，没人知道。母亲想法很简单，只有买错，没有卖错。父亲跟她辩论，说大学老师不可能骗人。母亲觉得父亲书呆子，他不服气，说一个大学老师，一个文化人，提着录音机像小贩子那样去卖，肯定家里急需钱，秦琼卖马，谁还能不会有些难处。

改革开放后的录音机涌入，具有标志性意义。在这之前，家庭很少有，大家习惯听广播，从收音机里听音乐。有电唱机的人家都很少，沿着过去思维，播放唱片多少有点小资产阶级情调，这意味着你可以自由选择那些你想听的唱片，而收音机的最大特点，就是到放音乐时间，放什么你听什么。

有了录音机，自然而然就会有邓丽君。暑假去北京，我的一个堂哥喜好音乐，房间里永远有古典音乐的旋律。他属于那种最早拥有录音机的主，还是在“文革”中间，病退在家，就买过一台老派的国产盘式录音机，录音带很大，像个盛菜的盘子。记得那年暑假，很重要的任务是帮父亲录了好几盘邓丽君的盒带。这时候，堂哥也买了日本“三洋”录音机，北京走私货更多，高干子弟都喜欢倒腾这些，他那台录音机是双卡的，正好可以用来转录。堂哥本人并不喜欢邓丽君，作为音乐收藏者，因为圈子里的名气，很快成为传播邓丽君的源头。

进入八十年代，录音机开始多了，一改革开放，这玩意说有就有，价格也直降下来。父亲的邓丽君盒带成为南京广为流传的种子，经常有人来借听，来转录。父亲有些心痛，自己做了备份，要借只借备份。最初的转录还很原始，一台录音机播放，另一台录音机负责录音，一不小心，旁边的说话声就会被录进去。记得有一次结识了一位新朋友，去他家玩，放音乐给我们听，然后就说起这母带的源头，顺藤摸瓜，最后发现是从我家流传出去的。

父亲很喜欢邓丽君，他是真心喜欢，他那些同年龄的老朋友也喜欢。有趣之处就在于，虽然喜欢，喜欢归喜欢，又不得不承认这些玩意是靡靡之音。父亲那一代人身上有着深深的革命者烙印，即便是被打成过“右派”，经历了“文化大革命”的种种不堪，仍然不太愿意高调推崇。一位级别很高的老干部跟父亲聊邓丽君，用的是“这样的歌也可以听听，百花齐放嘛”，他说的那个“也可以听听”，内容很丰富，在当时已算是思想开放了。

八十年代初的邓丽君像幽灵，悄悄地来了，渐渐流传开。先还是在家里听，很快流行于公众场合。然后到处都有她的声音，邓丽君家喻户晓，首先要感谢录音机的大量普及，这是很重要的物质基础，非常短的时间里，录音机从稀罕的奢侈品，成为大众消费品。其次，也得益于思想开放，那种“也可以听听”的宽容，在禁与不禁之间，允许和不允许的边缘，最容易获得市场，当时的盲公镜，喇叭裤，男人留长发，之所以能够流行起来，成为新潮，在经过“文革”年代的人看来，多少都有些挑战和对抗的意味。

如果不是早逝，如果有机会走上CCTV，她有可能获得的热闹，获得的高规格礼遇，其实不难想象。时至今日，那些炙手可热的成功人士，那些富商那些高官，当年都是邓丽君的听众，即便邓已过气，像所有流行天后一样，她的听众已减少，她的容颜已凋残，可是标志永远还是标志。

整个八十年代，我都在拒绝邓丽君。拥有自己的第一台录音机后，尽管音乐方面是个不折不扣的外行，但我收集的盒带全是西方古典音乐。为了对付糟糕的写作环境，为了排除身边的聒噪，只要是在写，耳边总会一遍遍地播放交响乐。很多小说都是在贝多芬的第五交响乐声中写出来，就像点上一支香烟一样，音乐也可以成为一种仪式，写不下去了，写得顺利了，我都会情不自禁按下录音机按钮。

时过境迁，现在更习惯在没有声音的环境中写作。偶尔也会需要一点动静，需要一点音乐伴奏，这时候，很可能会选择邓丽君，唱什么已不重要，我只是想听听她的声音，她的歌声在空气中穿越，在岁月里漫游，可以将我带回到那个远去的年代。

二〇一四年七月十三日

八十年代的文学热

上世纪八十年代的文学热，今天说起来，是一个个古老故事。先说自己遇到的段子，那时候大学刚毕业，在一家叫青春文学院的地盘上为函授学生批改作文，回封信可以获得两毛五分钱报酬。这是个人记忆中最无聊的一件事，没见到一篇好文章，我遣词造句搜肠刮肚，挤牙膏似的硬找些话来胡乱应付。无法想象当年居然会有那么多人喜欢文学，会有那么多根本不像文学的东西。

老实说，当时的一封封回信让我深感人生无趣，既觉得这样敷衍对不住人家，同时又无限怨恨，觉得文学真要这么弄，肯定不会有丝毫前途。一个人可以热爱文学，但是不能因为泛泛空洞的爱，把文学当作可利用的励志工具来糟蹋。那年头的文学热，看起来好像很有群众基础，工农兵学商，各行各业都参加了，轰轰烈烈热热闹闹，其实也就是一种虚浮的“大跃进”，水平之低，套路之简单，目的之浅显，让人哭笑不得。

有个乡间的函授学生，小说几乎一无可取，从文字到内容，除了俗还是俗。对他总是不忍心说重话，我虽然年轻气盛，却难免带点世故，知道对他这样的乡村青年必须鼓励为主，必须说些客套话。所以能记住这个人，留下的印象深刻，是他的故事基本上不怎么修改，退回去了，下次寄过来，仍然和上一次差不多。他在稿件中附了一封信，理直气壮地说明自己为什么不修改的原因，说知道这小说基础很差，说一个农民的孩子水平也就这样了，“农民的孩子”成为金字招牌和偷懒借口，说他知道自己不可能达到什么样的高度，说参加函授学习，只是为了印有“青春文学院”字样的大信封能寄到他所在的村子。乡下人看到这样的信封，会立刻肃然起敬，这对他来说就是一种支撑，这样的感觉非常好，有这样的感觉足够了。

八十年代文学热在一定程度上，是个体积庞大五光十色的肥皂泡，禁不起一枚小小的针尖。真相常会让人难堪，当年最先走上文坛风口浪尖的幸运儿是些什么人呢，是“文革”后期就开始写作的文化人，这些人中，有的出身造反派，有的是“右派”，也有苦闷的知青，他们的共同点都是从“文革”走向后“文革”，骨子里都带有一种与生俱来的批判情结。对“文革”的批判是从“文革”中的批判开始的，伤痕文学说到底也还是批判，与“批林批孔”可以说一脉相承。当然，这样的传统还可以再往前追溯，从五四新文化运动开始，二十年代的革命文学，三十年代的左翼文学，抗战文学，说来说去，都免不了说教，都是利用文学要号召做点什么，都免不了弑父。好像变过来变过去，所谓反思，总是离开不了这几个基本套路。

作者素质决定了读者水平，读者趣味又决定了作者声望。这个就是八十年代初期的文学真相，泡沫终究还是泡沫，那年头曾被称为“科学的春天”，其实对于文学来说，更像一个多少有些收获的秋天。种瓜得瓜种豆得豆，一分耕耘一分收获，文学几乎是在没有太多准备的情况下，突然间变得又有名又有利，成为股票市场上最大的潜力股，成为具有博彩性质的彩票，如果运气好，如果能获个什么奖，一跃龙门身价百倍，基本上可以管一辈子的吃喝。

当时只要是个公开文学刊物，就会有十分可喜的发行量，就能赚钱。以南京的《青春》文学杂志为例，很快盖了一栋大楼，编辑们每人一套房子，今天说起这事，完全是天方夜谭。天下熙熙皆为利来，天下攘攘皆为利往，投机取巧在所难免，旁门左道理所当然，文学之路变得拥挤不堪，小说的学问成了显学，大家都好为人师，除了办讲习所，办函授班，动不动编一本与文学有关的书，经常还是非法出版物，以外国文学为例，也不需要什么书号，连定价都没有，想编就编，想出就出。譬如河南的文学刊物《奔流》，湖北的《长江文艺》，都以参考资料的形式出过书，这些书几乎立刻成为本省文学青年的教材。

一九八二年，浙江人民出版社的《最新美国短篇小说选》，初版第一次印刷了四万多册。这个印数也可以当作文学虚热的极好例子，一看就知道是匆忙编选出来，内容良莠不齐，捡到篮子里就是菜，端上桌子便算佳肴。封面上美其名曰“美国短篇小说”，却破格收入了加拿大小说家门罗的作品《拼字》。或许当年太没名气，小说也不能算太精彩，没人会想到三十年后，这位叫门罗的女作家会获得诺贝尔文学奖。

时至今日，玩文学和不玩文学的我们，可以感慨上世纪八十年代的文学热，可以感谢甚至歌颂，但是必须实事求是，把当时的文学水准看得太高，过分美化和理想，无疑是不够理智。毕竟文学是一门很独特的艺术，有它严格的专业水准，不仅仅靠热闹，不仅仅要批判，也不仅仅是名利。祸因恶积，福缘善庆，凡事皆有因果，很显然，当年文学的十分热闹，与后来的相当冷落，有着千丝万缕的联系。

二〇一四年十月十日

南师大的“泼水节”

上世纪七十年代末八十年代初，忽然得到一消息，北京机场画裸体壁画《泼水节》而名声大噪的袁运生，要在南师大办画展。那年头的南师大还叫“南京师范学院”，我们兴冲冲去赶场子，之所以要凑这个热闹，完全因为玩的朋友圈里有好几位学画的哥们。

那时候，我们这帮年轻人聚在一起办民间刊物，自己写，自己刻钢板印刷。文坛上一有风吹草动，学画的跟着学写小说的去起哄，画界玩什么花样，写小说的也会跟画画的去捧场。袁运生那次画展吸引了很多人，讲座非常成功，对于我们来说，画展不重要，讲座也不重要，就是觉得好玩。连续几天都去聚会，为什么呢，因为很多朋友来了，在哪都是聚，朋友的朋友从四方八面赶过来，都有一股广结天下英雄的豪情，互相介绍握个手，就算是战友了。

那个年代的我有些心不在焉，总是在看人家激动。回忆当年，记忆犹新的只有两件事，一是考大学，一是跟别人后面写小说，都属于随大流。要说思想状态，说激进不激进，说保守也不保守。我们去听演讲，一听说要解放思想，就忍不住笑，就觉得又在卖狗皮膏药。总会有人号召这样那样，自小已习惯了这一套，动不动要听人说大道理，一有大道理我便头疼。当时最大的号召是报纸上社论，一会要“两个凡是”，一会又要反对“两个凡是”。然后实践成了检验真理的唯一标准，然后是马克思主义和人道主义的论战，我们的父辈很在乎这些文字，分析来分析去，关心其中的微言大义，一会高兴一会犯愁。

袁运生画展的最大好处，是给了年轻人一个聚会机会。坊间都在传说，那位北京机场画裸体女人的画家来了，他的一幅画叫《泼水节》，画了三个裸体傣族少女在洗澡。在那个还很保守的年代，说很多年轻人赶往南师，为了去看这一幅画，也不能算什么大错。事实上讲来讲去，大家议论最多的话题，仍然还是围绕这幅画。袁运生的讲座，也是反复要提到，为什么要画，怎么画了，这画有什么意义，整个创作过程遇到了哪些障碍。一句话，

《泼水节》成了一个有象征意义的案例，成为衡量思想解放不解放的一个标杆。

很多年以后，一个画画的朋友和我聊起袁运生，提到一个很有趣的感觉。说有机会与袁交往了一段时间，最大的诧异不是袁运生变老了，而是觉得他变矮了。变老的感觉很正常，随着时光推移，人人都会变老，都难免满脸皱纹步态龙钟，关键是不同寻常的变矮小。人老了照例会收缩，但是身高还应该有个一定，在注重形象记忆的画家眼里，完全不应该是现在这个比例。为什么会这样呢，我们为此展开讨论，最后得出一个大家都愿意接受的结论，当时年轻一代画家中，袁运生形象过于高大。

那是个解放思想被念叨得最多的年代，今天很多人仍然会充满激情地去怀念。袁运生的那次出场确实有点光彩照人，在南师做过讲座以后，竟然还有些年轻人追随他去了南通，又在那里听了一遍演讲，这其中就包括我那些学画的朋友。时至今日，大家仍然还会有一种错觉，觉得那时候思想非常活跃，其实真正从那个年代过来的人，都会觉得无比沉闷，远比今天更加让人难以忍受。

《泼水节》的副标题是“生命的赞歌”，袁运生的幸运是因为当时存在着这个禁区，先是不让你裸，然后又可以，又不可以。

意识形态有时候真说不清楚，裸与不裸禁与不禁，总会有人喜欢往坏里想，喜欢多事，多事就难免生事。这幅画的遭遇注定会载入历史，当年在南师大，大家其实并没看到《泼水节》，原画在北京机场，年轻人纷纷赶去凑热闹，去捧场去听演讲，本质上变成了对袁运生的一种声援。因为自诞生之日起，这幅壁画就充满争议，充满可笑的戏剧性。本来不应该是个什么事，不应该有那么大动静，偏偏在上世纪八十年代，还就是个相当大的事件。它在艺术上造成的混乱，在思想上引起的波澜，今天还在延续，还在祸害。我们讨论一个艺术作品，讨论一篇小说，评价一幅画，往往要说的还都是些与艺术无关的题外话，不是这小说好不好，这幅画有没有创新，而是琢磨能不能写，敢不敢画，有什么样的历史地位。

成也萧何败也萧何，据说当年很多人坐大巴去北京机场，只是为了看一眼这个“生命的赞歌”。《泼水节》虽然有最高领导人的肯定，但它带来的争议差不多贯穿整个八十年代，在此后的日子，这幅画风风雨雨，羞羞答答地被折腾过好多次，一会披上一层薄纱，一会又干脆用木板墙遮挡起来。为什么会这样呢，为什么有关领导都通过了，首长已发话了，还会一次次再生波折。据袁运生自己描述，当年的总指挥李瑞环默认了此事，小平同志公开表态“我看可以”，却仍然还会触动有些人思想上的禁区。

历史的经验值得注意，跟思想不解放的谈解放是对牛弹琴，对早就解放的年轻一代回忆往事，同样白费口舌。时间是最好的见证，要说今天比八十年代更好，很重要一个原因，是再也不用去唠叨和在乎那些基本常识。白就是白黑就是黑，历史很有可能还会部分重演，死尸还有可能还魂，但是进步谁也阻拦不了，倒行逆施注定会是笑话。今天的年轻人会觉得当年真他妈无聊，不就是一个裸吗，赤条条来去无牵挂，有什么思想解放不解放的。

二〇一四年十一月二十一日　河西

回忆一本叫《人间》的民刊

南京大学中文系建系一百年，我作为校友代表上台发言，最不擅长这种场合讲话，老老实实写了个发言上去念，结果引起的第一阵掌声是因为下面这段话：

> 今天这个日子非常适合怀旧，我不由得想起当年的一件往事，那时候，因为参与一份非法出版的地下刊物，有关部门认真追究起来，一时间上纲上线，问题变得相当严重。当时的支部书记朱家维老师奉命跟我谈话，我忘不了他的笑容，他的态度就是奉命，就是敷衍，就是不当回事，就是不得不走过场。
>
> 凡事必须要经过比较才能琢磨出味道，我们那一伙

> 年轻人中，只有我是南大的，其他的人，有的在别的大学读书，有的在机关，还有的是社会青年，他们感受到的压力都比我大，大得多。因此，如果说南京大学始终充满自由宽松的气氛，这个略有些夸张，也不现实，但是与其他地方相比，与别的学校对照，我们的中文系确实宽松。我记得叶子铭老师就说过，中文系最看不起喜欢整人和打小报告的人，这就是我们的系风，这就是中文系的好传统。

这段话会引起的热烈掌声始料未及，会后几位校友发表感慨，都觉得这话听上去亲切，都为自己的母校感到骄傲。但是也有学长跟我私下嘀咕，说其实谁谁曾告过密，谁谁曾整过人。我不愿就这话题延伸下去，只能说天下乌鸦一般黑，什么地方都有左中右，不过和社会上相比，和其他工作单位对照，我们母校确实要好，要好得多。

曾将这发言稿寄给一些报社，好几家报纸不愿意刊登，说敏感。敏感这词十分暧昧，可以成为一个说不清道不白的借口。有家报纸编辑很聪明，“非法出版的地下刊物”改成“非正式出版物”，文章就顺利地发表了。

好在还有微博和微信，报纸副刊尺度太严，网上不在乎，一句不删一字不改，想怎么转怎么转。今天年轻人对“非法出版”几个字不陌生，想不明白的是“地下刊物”。上世纪七十年代末八十年代初，地下刊物都叫民间刊物，说民间刊物就很容易理解，它不是正式出版，是油印的，非官方的，没有稿费。当时似乎流行这样的民刊，各大学都有，只要有中文系，一定会有个以学生会名义办的刊物，水平不敢恭维，学生会总难免一副准官方嘴脸。

《人间》不是校刊，是当时南京一批年轻人创办，不想用志同道合这四个字，因为对我来说，只是觉得好玩和有意思。虽然是文学刊物，人员却五花八门，不写文章的远比写文章的多。有许多画画的，差不多占了总人数一半，经常聚会，在一起什么都谈。有一次还请了个弹吉他的朋友过来，说是弹得非常好，来了以后，不弹吉他，大谈人生。

外地朋友常会莫名其妙地冒出来，作家马原就是那时候认识的，老朋友在一起叙旧，居然相识三十多年。作家郑义路过南京，他刚发表了小说《枫》，风头正劲，我们在朋友家见面，聊什么也记不清楚。还有写《伤痕》的当红作家卢新华，带着几位同学过来宣讲，在青春文学院搞对话，聚集了很多文学青年，我听了几句就走了，几位《人间》同仁留下来捣蛋，据说弄得人家很下不了台。

《人间》作为一份民间刊物，影响和名声远没有北京的《今天》大，只是性质有点相似。我们这份刊物上曾经有过一幅画家刘丹的插图，上半张是如来的脸，下半张是如来的手，寓意很简单，大家都想做一个跟头十万八千里的孙悟空，但是能耐再大，也不可能翻出如来的手掌。

民间文学刊物的宗旨很简单，能发表一些我们认为不错的文字。目的都在文学上，我对政治谈不上任何兴趣，内心深处非常鄙视，因为过去的那些年，政治对文学伤害实在太大。我必须承认，自己能有今天，与当年和朋友们一起办这份文学刊物有关，如果没有那时候的聚会，没有那时候的想怎么写就怎么写，没有那时候的刻钢板和油印，我很可能根本不会走上文学之路。

《人间》的被查禁，也是个说不清楚的事。突然就非法了，公安就介入了，作为一名在校大学生，我被组织找去谈话，放了一个录音机在面前。记得当时很反感，说有这玩意在面前，什么也不会说，什么也不想说，支部书记朱老师就说好吧，我们关掉录音机。最后关没关也记不清了，反正那个气氛只是走过场，只是问一问完事，你说不说不重要。印象中，很快就聊起天来，说的事和《人间》毫不相干。

关于《人间》我不愿意用到追查和迫害那些词，毕竟不是“文革”，不是一九五七年反右。我的父亲就是因为要办一份叫《探求者》的杂志，被打成“右派”，历史如果简单重复，《人间》的所谓问题要比《探求者》严重得多，很庆幸生活在八十年代，很庆幸是南京大学的学生，事实上，我甚至都没有感到太大压力。当然，大家的遭遇并不一样，我的朋友就没那么幸运，有人被上纲上线，有人影响到了毕业分配，为什么呢，因为到处都有喜欢整人的人，整人的风气始终存在，借刀杀人的人始终存在。

一九五七年反右，有人成为“右派”，有人没成为“右派”，显然很多因素，有大背景，也有小环境，并不是所有的人都会与人为善，都会把枪口抬高一公分。

二〇一四年十二月二日

回味的西餐

没想到在德国哥廷根的豪克家，大饱了一回西餐口福。主人事先做了充分介绍，说这是最传统最便宜最方便最老百姓的日常生活。身处异国他乡，在人家屋檐下，了解异国饮食文化，不能不以身试法。我太太是江南的苏州人，出门最痛苦，舌头娇嫩口味狭隘，怕辣怕咸怕这怕那，让她很好地享受西餐断无可能，所以不能说她也赞赏这顿德国佳肴，但是我个人的感觉极好，完全出乎预料。

今天的中国人绝不会把洋快餐当作西餐，尽管事实上也是，如果一本正经对别人说，我请你吃西餐，然后带去见肯德基上校和麦当劳大叔，基本上属于在客串小品。对于中国人来说，正宗的西餐必须昂贵，要有外国情调，有殖民地风格，洋人经常出入。譬如去哈尔滨的华梅西餐厅，依稀老毛子风味。又譬如在魔都上海，不在乎洋盘，无所谓被宰，只怕不够高端大气上档次。

改革开放和洋快餐，彻底颠覆了中国人对西餐的态度。在过去，吃洋味开洋荤，是有钱人的时髦享受，美好生活的写照。上世纪三十年代国民政府时期，南京作为民国首都，本地市民以去新开张的福昌饭店喝一杯咖啡为荣，一次咖啡可以回味几天。当时整个南京只有两部电梯，一部在国民政府的办公大楼，一部在福昌饭店。六层楼的福昌饭店此后很多年，都是这个城市的最高建筑，很快抗战了，内战了，解放了，改造了，三年困难时期了，“文革”开始动乱了，西餐和老百姓基本绝缘。再后来七八十年代，岁月有些变化，日子趋向太平，西餐又时髦起来，北京人没去过新侨或者莫斯科餐厅，上海人不尝尝红房子的“大菜”，会觉得很没见识很落伍。

然后就是洋快餐的浩浩荡荡，二十年前在新加坡我第一次吃洋快餐，当地作家朋友请吃麦当劳，一个劲地说好吃，一个劲地吩咐多吃一些。记得当时也是在中国兴起，刚来南京那一阵，那个热闹如日中天，要排很长的队。自从有肯德基麦当劳，除了有一次在哈尔滨，我几乎没在国内吃过西餐。饮食说白了还是习惯，不知不觉已变得十分保守和传统，我的许多朋友都有这差不多的毛病，只要有可能，坚决不吃西餐，更不吃洋快餐。即使正宗高档，也是能免则免，能谢绝尽量谢绝。到国外是没办法，客随主便入乡随俗，何况许多中餐馆的水准，比西餐更糟糕。

只有豪克家的这一顿是例外，我想最重要的原因，是他的家常餐让人想起小时候的味道。记得是十五岁，祖父带我去北京新侨饭店吃西餐，为我们示范怎么使用刀叉，左手如何，右手又如何，怎么小心翼翼动作。那是一九七二年，第一次吃西餐，很神秘，极度好奇。“文化大革命”中间，享受西餐难免偷偷摸摸，正因为如此，给我留下的印象非常深刻。再后来，到了“文革”后期，自己动手做西餐在民间突然变得很风行。

我那一代年轻人，只要会做菜，肯定都自制过沙拉。那时候也没有沙拉酱，做得好坏，全凭个人手艺。把菜油和蛋黄搁在一起搅拌，有两种风格，一是生蛋黄，一是熟蛋黄，有水平的高手都可以达到一定境界。记得擅长沙拉之外，还有奶油菜芯，这两道是请客的看家菜，再配上本土特色的鸡鸭鱼肉，足以堂而皇之蒙人。随带说一句，当时请人吃饭很少上馆子，都是在自家做，房子小，螺蛳壳里做道场，请一顿饭的热闹是真正的热闹。

为什么偏偏是“文革”后期，自制土西餐会流行在中国人的餐桌上，大家都吃得津津有味，这是个值得深入探讨的话题。与不让看禁书不一样，“文革”中，很多人都愿意看外国小说，阅读被禁的世界文学名著，重要的原因是不让你看。越是不让看，越想看，这里面有一个逆反心理。好东西可以让人上瘾，读世界名著欲罢不能，完全被吸引住，充分展现了文学的特殊魅力。与之相比，西餐似乎并不存在一个让不让吃的问题，大众遭遇的是物质匮乏，缺吃少穿非常普遍。表面上看，吃不到西餐和看不着世界文学名著有相似之处，都是西方文化，都有资产阶级生活方式的嫌疑，都是在一个相当长的历史时期遭到排斥，它们流行或不流行的差异又在什么地方呢。

“文革”后期，经济条件比较好的知青回城，上馆子大吃一顿已成风气。这当然是干部和大院子弟们玩的花样，电影《阳光灿烂的日子》有很好展示。在当时人心目中，吃顿正经八百的西餐过于摆谱，一般泡妞都不用这招，代价高了一些。很显然，如果不是改革开放，不是大家日子富裕了，西餐的神秘面纱便不会被揭开，它在人们心理上的优势地位将继续存在。

不明白后来为什么开始拒绝西餐了，也许出于本能，毕竟饮食习惯，反正吃惯中餐，就很难适应西餐，仿佛吃辣和不吃辣的不相互兼容一样。性相近习相远，其实对于文学，我也隐隐地有过担心，热闹归热闹，西方文学外国小说，它们是不是真适合中国读者口味，是不是像当年的西餐一样，仅仅是时髦，是因为稀缺，是猎奇，是心理上的处于弱势，很多人在习惯性地叫好，内心是不是真喜欢，就很难说了。

二〇一四年十一月十二日　南山

总得过年

快过年了，总会有些约稿，让你应景写命题作文。要不就是接受采访，请你谈谈感想，随便说上几句。我通常都拒绝，道理很简单，没什么可说的。今天又接了一个电话，在电话里解释为什么不愿意写，为什么不接受采访。说了一番理由，发现自己真是个话痨，一说起来就收不住，害怕人家不高兴，小心翼翼解释半天。挂上电话，忽然想到说那么多废话，敷衍一篇小文章已经足够。

说老实话，我不喜欢过年，对过年没多少美好记忆。“文革”开始那一年，我九岁，此前的过年记忆很平淡。母亲是演员，春节期间天天要演出，不是宣传封建迷信的古装戏，就是表现阶级斗争的现代戏。父亲在赶稿子，写不完的奉命文章。保姆好像也没特地多做几样菜，过不过年都一样。我想到别人家去玩，别人家人多热闹，并不欢迎来串门的孩子。

然后是“文革”，父母双双被打倒，关进了牛棚，我被送到农村，寄人篱下。看别人喜气洋洋过年，过年也不想家，因为家已经散了，不复存在了。父母既然被打倒，那就是不折不扣的坏人，因此不应该想他们。印象中，过年与自己总是格格不入，关系不大，过年的热闹永远会让我有一种寂寞之感。当时有个口号，要过一个革命化的春节，我的春节记忆都是革命化的，简单无趣，不当个事，根本没什么可回味。

再然后，仍然是“文革”中，父母从牛棚出来，解放了。母亲又开始演出了，父亲又开始写作了，保姆又回来了。那时候，保姆过年也不回自己家，现在想想，真对不住人家，凭什么要在你们家过年，过年又不涨一点薪水。中学毕业，我进了一家小工厂当工人，快过年，师傅会故意先留一点活，等到过年加班，加班可以有额外工资，还可以翻倍。那时候，这也是一种小福利小权力，不是人人都能有。师傅是小组长，为我这徒弟留了一个加班名额，算是照顾。

在物质匮乏年代，许多东西都要凭票。当时有一种豆制品副票，上面编了号，烟酒肉鱼全靠它。很多人会主动放弃，父亲毫不犹豫地笑纳。我们家书多，年轻人来借书，为了表示谢意，顺便也留下了他们的豆制品副票。“文革”后期，父亲天天都会喝点小酒，酒虽然凭票计划供应，总会有这样的关系那样的人情，让父亲的酒保持源源不断。好烟也是如此，当时烟票比酒票更容易获得，因为好烟根本没人抽。

今天重提旧事，无非顺便说一句，知识分子在“文革”中，精神虽然痛苦，相对的物质生活，比普通老百姓好得多。我们家很少上馆子，只要来客人，就会去馆子买几样菜回来。俗话说，有钱没钱，团聚过年。俗话又说，有钱人家天天过大年。有一点不容置疑，“文化大革命”中的物质生活，属于绝对糟糕和贫困。今天有人喜欢描绘那个年代的平等，强调那个年代的工人农民当家作主，这里面有太多的想当然，事实完全不是这样。

记得父亲当年回忆过年，常常说抗战期间，在四川乐山避难，遇到日本飞机轰炸，家里东西烧个精光，结果只能买一只鹅过年。在“文革”中，说这样的故事并不恰当，譬如我母亲就喜欢批判他，说在万恶的旧社会，过年还能吃上鹅肉，已经很不错了。我们都觉得父亲的思想有问题，态度不端正，认识太过落伍。潜意识中，作为被洗过脑的一代人，不管对过去是否了解，解放前已成为一个基本定式。朱门酒肉臭，路有冻死骨，万恶的旧社会穷人饭都吃不饱，哪有什么鹅肉可吃。

“文革”结束，对我个人来说，最重要的是恢复高考。从准备考试开始，过年往往最忙，只有在这期间，才能抓紧时间做想做的事。平时要上班，过年的那几天正好充分利用，考大学如此，考研究生也如此。我能够成为大家眼里的好孩子，是因为他们看见即使过春节，这家伙仍然还在用功读书，还在努力复习功课。外面正下雪，别人家的孩子在放爆竹，我却在雪地里跺脚背书。

我不喜欢过年，过年让人有种无形的压力。习惯了过年时做点什么，习惯了就会成为自然。上大学和读研究生，我总是利用难得的假期，抓紧时间写小说。成为职业作家，过年逐渐成为一个障碍和负担，因为每到这时候，计划要写的小说，就会被迫中断。我因此变得异常焦虑，想停下来，停不下来，想大踏步地往前走，又不能不十分犹豫。岁数不饶人，我再也不是当年那个轻易就能够排除身边干扰的青年人，注意力越来越容易分散，一快到过年，心情便立刻变得不好。

然而年总是要过，像春晚一样，办得再糟糕，再烂，还是得办。媒体的过年专号还是要出，火车票难买还是得买。外出谋生的农民工，份子钱和压岁钱少不了，少不了，也得回家过年。为什么非要过年呢，我知道这么想不好不对，有点自私，真想了，也不该说出来。送旧才能迎新，个人喜好不重要，你总不能指望大家都要过的那个新年，像爆竹一样给禁放了。

二〇一五年二月三日

研究生应该怎么考

研究生应该怎么考，说不清楚。说不清楚，便不可能说好，又骨鲠在喉地想说，我索性大胆说几句。这几年，召开政协人大，必定有人捋袖子呼吁，气势汹汹要取消思想政治理论测试。每次都会有人赞同，网上也一片声地摇旗呐喊，起哄，更有进一步的，要求取消外语考试。

说老实话，我不赞成取消。为什么呢，将心比心，自己是过来人，三十年前考研究生，也考过政治和外语。以过来人的小人之心，度今日的君子之腹，这罪当年能受得，为什么现在不能忍受。不由得想起鲁迅的《阿Q正传》，阿Q要摸小尼姑光秃秃的脑袋，不让摸，他便抱怨说和尚动得，我为什么不能摸一下。同样道理，同样研究生，我们要考，政治外语非得过关，凭什么轮到你们就应该取消。都是读研，前辈吃得起这苦，忍受得了这罪，都爹娘养的，凭什么你们就不能。

考研不过是个形式，是一场比拼，用不着太当真。同一届考试，有人考政治，有人不考政治，这叫不公平。有人预先知道复习范围，有人甚至透露考题，这个叫黑，叫学术腐败。和体育比赛一样，只要程序公正规则统一，昏天黑地考吧。天知道什么才叫政治，我们当年考，好像含了三项，有马列，有政治经济学，有哲学，还有时政。这一重新计算，已经不是三项，幸好我不用考数学。不管它，反正大家铁青了脸，一边骂娘，一边死记硬背，根本不去在乎它的意义。所谓考试，都是五十步笑一百步，政治是扯，外语是扯，很多堂而皇之的专业课，一样是扯。考研究生向来是个体力活，考政治考外语是运动员的体能测试，考你临时抱佛脚的功力，不管白猫黑猫，抓住分数就是好猫。会考试的考什么都行，不会考的考什么都不行。

公平考试是平庸者的天堂，我们都是平庸者，都很平庸。老师用考题来忽悠学生，我们投桃报李，用考试成绩来忽悠老师。眼下的考大学考研究生，与科举时代并无本质区别，某些方面有过之无不及。洞房花烛夜，金榜题名时，虽然套话俗话，既写意也写实。想当年，中了举一辈子全搞定，现如今，考上大学也未必会有好工作。毕业就是失业的日子，基本上快到了，别跟我吹牛说是为了做学问，很多人都是因为找不到工作才考研。

科举是封建时代的精华，科举不行了，封建时代也跟着完蛋。《儒林外史》中有位叫秦致的仁兄，到城里去转一圈，带了一本文件回来。火眼金睛的王冕接过来一看，是科举取士之法，立刻看出了不对头，看出了“用五经、四书、八股文”，后果会很严重，便对秦致说：“这个法却定得不好。将来读书人既有此一条荣身之路，把那文行出处都看得轻了。”

“看轻”的严重后果是什么呢，就是“贯索犯文昌，一代文人有厄”。说起科举，我最佩服两个不把它当回事的人，一个是陈三立，一个是柳诒徵。陈三立是大师陈寅恪的父亲，晚清四大公子之一，当年最有名望的诗人。他老人家参加科举，没用文言来做八股，跟玩似的用了散文体。因为这个，差一点名落孙山，真差一点，据说卷子最后被熟人抢救出来，因为陈很有名望，出身名门世家，是真正的官二代，如果他没被取，不是考生不对，是考官眼光不对。反正最后是取了，这事多少有些不靠谱，仿佛前几年高考作文，写几句文不对题的文言，居然挣得满分，完全是野狐禅，坏了规矩。

最出格的还是柳诒徵，少年气盛参加科举，竟然用篆书写作文。是可忍，孰不可忍，考官恐怕连杀人的心都会有，你小子玩穿越炫学问是不是，你小子跟老子耍酷逗着玩是不是。我要是考官，肯定也会给个不及格。柳诒徵后来成为很不错的历史学家，不能因为陈柳之流有了出息，有了学问，就认定他们的态度是对的，是正确的。想当年，张铁生交白卷被大学录取，那是“文化大革命”，人家运气好正巧赶上，你要是不服，也可以试。玩酷注定会有代价，不是谁都能玩，有些事实就这么气人，就是阿Q的“和尚动得”，你动不得，动不得就是动不得。

柿子要捡软的捏，陈三立与柳诒徵敢出格，说白了，只能证明科举寿终正寝。事实上，跟他们同时代的有志青年，都不把应试放眼里，一个个开始出国留学，一个个开始学工科学商科。万般皆下品，唯有读书高，从来都是蒙人的，钱钟书《围城》中说起中国人的厉害，就是会糟蹋，任凭你什么好玩意，到手里毁了完事。不仅老祖宗留下的，外国的好东西也是来一件毁一件。学历、文凭、职称，还有教授、博导、长江学者，有一样毁一样，毁完拉倒。

我考研时，古代文学有道题目，用繁体字默写岳飞的《满江红》，错一字扣一分，共四分。我女儿小学考外语学校，让写出四句与“鸟”有关的古诗词，也是四分。说难都不难，说不难真有点难。有个孩子急中生智，来了一句“春江水暖鸭先知”，我觉得这个“鸭”用得特别好，比那些写出四句的人更聪明，更有想象力，更有学问。

春眠不觉晓，处处问啼鸟，研究生究竟应该怎么考呢，还是开头那句话，我说不清楚。

二〇一五年三月十六日